鏡を見て——絶句した。
そこに映っているのは四十歳くらいの
渋い顔をした大人の男。
どう考えても俺の姿では
ないように思えた。
……信じがたいが、
『異世界転生』の五文字が
必然的に浮かんできた。
サーシャ
カリス
悪役令嬢の父親に転生したので、妻と娘を溺愛します
akuyakureijo no chichioya ni tensei shitanode
tsuma to musume wo dekiai shimasu

「たんじょうび？」
サーシャ
カリス

「今日はローリエが生まれた日だから、それをお祝いするんだ」
「ローリエが私達の娘で良かったってね」
ローリエ
ポンポンと頭を撫でてそう言うと、ローリエは嬉しそうに表情を緩めた。

「わぁ……！」
一面に咲く花に
思わずそう
言葉が出るローリエ。
ローリエ
セリュー
セレナ
「やっぱり可愛いわ！
ローリエさん可愛い！」
「姉さん。ローリエ嬢が
困ってるから」

悪役令嬢の父親に転生したので、妻と娘を溺愛します

akuyakureijo no chichioya ni tensei shitanode tsuma to musume wo dekiai shimasu

yui／サウスのサウス

ill.花染なぎさ

contents

akuyakureijo no chichioya ni
tensei shitanode tsuma to musume wo dekiai shimasu

第一章 悪役令嬢の父親になった

目が覚《さ》めると見知らぬ天井《てんじょう》が視界に映《うつ》る。

なんで俺は寝ているのだろうという疑問が浮かぶが、上手く思い出せない。

頭痛のせいか、思考力が低下しており、ぼんやりとしてしまう。

しばらくして、どうにか少し落ち着いてくると、周囲に視線を運んでみる。

少し視界がぼやけるようであったが、はっきりしてくると視界に美しい銀が映った。

鮮やかなそれは白銀《はくぎん》とも称《しょう》されるであろう美しさの銀色の髪――そして、それに負けないくらいに整った顔立ちの美人さんがこちらを心配そうに見ていた。

「大丈夫ですか。旦那様」

俺が返事の代わりにゆっくりと体を起こすと、美人さんが肩を貸してくれた。

そして、丁度目線の先にある鏡を見て――絶句《ぜっく》した。

そこに映っているのは四十歳くらいの渋《しぶ》い顔をした大人の男。

ダンディーという感じの容貌《ようぼう》で、全体的に大人の男の色気が溢《あふ》れているそれはどう考えても俺の姿ではないように思えた。

しかし、頭痛と共に流れ込んでくるのは紛《まぎ》れもなくこの目の前の鏡に映る自分の記憶。

名前は、カリス・フォール。

公爵家《こうしゃくけ》の長《おさ》で、目の前の彼女が俺の妻で公爵夫人のサーシャ・フォール。

そして娘のローリエ・フォールの三人家族。

――ん？　ローリエ？

そこで同時に俺はこの世界とは別の……貴族制度が身近ではない世界の記憶があることにも気づく。

日本で成人して働いている自分の姿を思い出せたが……そこから先、名前など詳《くわ》しいことは思い出せない。

ただ、何故《なぜ》か明確に思い出せるのものが一つあった。

それは、乙女ゲームなる女性向けの恋愛シミュレーションゲーム『純愛姫様～お前とイチャラブ～』というタイトルのゲームのことだ。

なしてそれが真っ先に出てきたのか、自分でも訳がわからない状況だが……。

「旦那様……？」

「大丈夫だ……サーシャ」

「はい、旦那様」

心配そうにこちらを見つめてくる美人さんに俺は呼び掛けてみたが、どうやら目の前の彼女の名前はサーシャで間違いないようだ。

さて、少し整理してみよう。

二人分の人生の記憶があり、そして明らかに歪《いびつ》な記憶。

知ってること、知らないことが混ざったような、不思議な感覚だが、それらを表現するのに最も近い言葉は……信じがたいが、『異世界転生』の五文字が必然的に浮かんできた。

そうなるとだ。彼女が俺の妻ということになるが……カリスとしての過去の記憶の中では俺と彼女はあまりいい関係には見えなかった。

より正確に言うと、過去のカリスさんがあまり彼女に興味がなかったようだけど……。

「いや……すまない。私は転んだのか？」

「はい。お疲れだったのでしょう。お医者様が言うには特に大きな怪我《けが》はないとのことです。私は念のため付き添《つそ》っていましたが……その……迷惑でしたでしょうか……？」

少し瞳《ひとみ》に怯《おび》えの色が見えたが……俺はその瞳を見てから反射的に手を伸ばして彼女の頭に手を置いていた。

「えっ……？」

「サーシャ……付き添ってくれてありがとう。君が私の妻で良かったよ」

「……!?　そ、そんな……私はあの……」

恥ずかしそうに顔を赤くするサーシャ。

おや？　おかしいな。

子供がいるならこの程度のスキンシップで照れるなんてことないだろうに——と考えてから納得した。

過去のカリスさんの記憶を見るに、この夫婦の関係はかなりドライだったと考えられる。

だから俺が突然こんなことをして顔を真っ赤にしているのだろう。

いや、しかし……本当に可愛《かわい》いな。

三十歳をこえているはずなのに十代の美少女にも見えるほどに若々しい姿のサーシャ。

そんな彼女が俺のスキンシップに照れ照れな様子というのはなんというか——凄《すご》くいいと思った。

「サーシャ……」

「あっ……だ、旦那様……？」

そっと、手を頬《ほお》に添えるとそれに敏感に反応するサーシャ。

ちょっ！　可愛すぎだろ。

そんな反応を見て俺は内心でかなり悶《もだ》えるが……顔には出さずになるべく優しい口調で言った。

「君は——こんなに素敵な女性だったんだね」

「ふえ!?　あ、あの……」

突然のことに動揺《どうよう》しつつも、俺への心配に陰《かげ》りのないサーシャ。

本当に優しい心根《こころね》なのだろうと思いつつ、俺はまずはケジメをつけることにした。

「今まですまなかった」

過去のカリスさんとサーシャの溝《みぞ》の原因はほぼほぼカリスさんにあったようだ。

こんなに可愛い人を放置するなんて、俺からしたらアホにしか思えないけど、その辺はカリスさんにもそれなりのバックボーンがあったようだし、グダグダ俺から文句は言わないでおく。

とはいえ、それは俺だけの事情なので、サーシャ達にはキチンとしないといけない。

転生してカリスさんになった今、これまで迷惑をかけていたであろう家族に謝るのは俺の役目だろうと思ったのだ。

早い話、早々に転生を受け入れたとも言えた。

そうして謝罪をした上で俺は戸惑っているサーシャに一つ尋《たず》ねてみることにした。

「サーシャ……君は私のこと好きかい？」

「そ、それは……」

戸惑いから一転、顔を赤くしてもごもごするサーシャ。

その反応だけで察《さっ》せられるくらいには、想《おも》われているようだ。

「私はね、政略結婚をずっと気にしていた。だから今まで君にも冷たい態度になってしまったが……君の正直な気持ちを聞きたい」

「……だ、旦那様……あの……やっぱりお加減が優《すぐ》れないのでは……？」

……まあ、普通はこんなことをいきなり言えばそうなるわな。

でも、俺はあくまで真摯《しんし》に気持ちを告《つ》げた。

「今回のことで私は君の優しさに触れて、初めての気持ちを抱《いだ》いた。それが何かはこれから君と過ごす日々で確かめていきたい。だから……もう一度やり直しの機会が欲しい」

「やり直し……ですか……？」

「ああ、身勝手なお願いだが……聞いてくれるかな？」

そう尋ねると、サーシャはビックリしたような表情を浮かべてから、瞳に涙を浮かべてこくりと頷《うなず》いた。

「はい……嬉しいです……」

「サーシャ」

ポロポロと零《こぼ》れ落《お》ちる涙を掬《すく》う。

宝石のようなその雫《しずく》は、悲しみではなく喜びによるものだと分かった。

「す、すみません……私、無理だって……叶《かな》わないって思ってました。旦那様に私の気持ちは届かないって……でも、私は旦那様のことがずっとずっとずっと……」

「遅くなってすまなかった。それと……ありがとう」

「はい」

瞳に涙を浮かべながら嬉しそうに頷くサーシャ。

その笑みに――俺は心を奪われてしまった。

なるほど、これが一目惚《ひとめぼ》れかと思いつつも、自分のチョロさに呆《あき》れてしまうが、尊《とうと》いものは尊いので仕方ない。

同時に、今すぐこの人に俺のものだという証《あかし》を付けたい独占欲も出てきて、俺は行動に移すことにした。

「さて、そうは言っても、言葉だけでは嘘《うそ》になるかもしれない。だから――」

そう言って、俺はそっと……サーシャの額《ひたい》に軽くキスをする。

突然のことに驚いたサーシャだったが、状況を理解すると、先ほどとは違った意味で尊く、初《うぶ》な反応を見せた。

顔を赤くして、熱に浮かされたように俺を見つめるその瞳が綺麗《きれい》だった。

そんな愛らしいサーシャになるべく優しい笑顔で言った。

「――こうして、行動でしめそうと思う」

「……！　はぅ……あ、あのあの……私は、その……」

「なんだい？」

「わ、私は……旦那様のこと……ずっとずっと……お慕《した》いしておりました……」

真っ赤な顔でそう言うサーシャ。

それを見て俺は決めた。

この奥さんをこれからたくさん愛そうと。

サーシャをこれから存分に愛《め》でる。

言葉にするだけでもワクワクするくらい、可愛いサーシャさんは最高です。

そうして妻との絆《きずな》を深めた次はもう一人の家族だろう。

俺は次の目的の人物——娘のローリエの部屋に向かっていた。

自分の娘に関心の薄かったカリスさんの記憶ではどうにも曖昧《あいまい》なのだが、今年で四歳になるはずの娘の部屋へと記憶を頼りに進むが……この男、屋敷に関してはほとんど関心がなかったのか、ろくに場所も把握《はあく》してなくて呆れてしまった。

屋敷の使用人達は俺とすれ違うたびに驚いた表情を浮かべつつも礼の姿勢をとるが——いや、そんなレアキャラ扱いが普通なのってどんだけだよ……。

「おや？　お目覚めでしたか」

「ん？　ジークか」

そんなことを考えていると執事服を着た初老の男——この家の執事長（まあ、執事一人しかいないけど）のジークが少し驚いた表情を浮かべていた。

「これからお部屋に向かうところでしたが……カリス様はどちらへ？」

「ローリエの部屋に行こうかと思ってな」

「……おや？　聞き間違いでしょうか？　今お嬢様の元へ行くと聞こえたような……？」

「あってるよ。部屋はこっちだったよな？」

いつも冷静な執事の珍しい戸惑いの感情が手にとるようにわかるが……俺がそう聞くと頷いて言った。

「ええ、こちらですよ。ところでカリス様。先ほどサーシャ様がお部屋にいたと思うのですが……」

「ん？　ああ、サーシャなら部屋に戻ったよ。送ると言ったが一人になりたいと言われてしまってな」

「……カリス様。頭を打ったと聞きましたが……大丈夫ですか？」

「失礼な奴だな」

まあ、その感想ももっともだよな。

今までろくに夫としても親としてもなにもしてこなかった男が、頭を打ってから人が変わったように家族に関心を示す——俺でも正気を疑うが、それでも俺は平然と言った。

「今まで目を逸《そ》らしてきたものを愛しく思おうと思ってな。ダメか？」

「滅相《めっそう》もない！　ついにカリス様が目を覚まされたとこのジーク感激しております」

この程度で感激される男……なんて悲しいんだカリスさん。

まあ、これからその評価を挽回《ばんかい》していけばいいか。

「それじゃあ、ローリエに会ってから仕事に戻るが、構わないな？」

「ええ——ですが、ローリエ様は今、礼儀作法の勉強をされていますよ」

「そうか……まあ、少し顔を見せるだけだから大丈夫だろう」

「そうですね……」

何やら含みのある言い方のジーク。

まあ、とりあえず俺は気にせずにローリエの部屋に向かった。

部屋の前に立ち、ノックをしようとすると、何やら大きな音とともに怒声が聞こえてきた。

「ここ……だよな」

俺は音を立てないようにそっと扉を少しだけ開けて中を覗《のぞ》く。

すると、そこには倒れている子供に怒声を浴《あ》びせながら暴力を振るうおばさんの姿が。

——て、あれは娘のローリエだよな。

いや、そんなことよりあのババアはうちの娘に何をしてるんだ！

『このクソ餓鬼《がき》！　何度言えば理解できるんだ！　グズ！　ノロマ！』

『ごめんなさい……ごめんなさい……』

『親がろくでなしだと子供もダメだな！　お前は本当にいらない子だよ！』

『うぅ……ご、ごめんなさい……』

プチ。

うん、俺の中で何かが切れる音がしたよね。

うちの娘をクソ餓鬼呼ばわりした挙《あ》げ句《く》にいらない子供だと？

……よし、決めた。

あのババアは許さん！

俺は勢いよく扉を開けると、一目散にローリエの元に向かってからババアを見て言った。

「おい！　お前はうちの娘に何をしているんだ！」

「お、おとうさま……？」

ローリエはいきなり出てきた俺にかなり驚いてはいたが……それを気にせずに俺は目の前のババアに視線を向けて言った。

「もう一度問おう。お前はうちの娘に何をしているんだ？」

「……これはこれは公爵様。私は娘さんの礼儀作法の教育を——」

「では、何故ローリエがこんなにボロボロなんだ？」

「そ、それは……お嬢様が転んだのでしょう」

「あくまでシラを切るならそれでもいいだろう。だが……とりあえずお前はクビ、解雇《かいこ》する。二度と我が家には来なくて構わない」

俺のその台詞《せりふ》にババアは少し慌《あわ》てたように言った。

「お、お待ちください！　これは教育のために仕方なく――」

「黙《だま》れ！　貴様のような無能な教育係を雇《やと》うほど我が家は甘くない。今後一切我が家に関わるな。さもないと――今度は貴様本人の生首が飛ぶぞ？」

そこまで言ってから俺は呆然《ぼうぜん》とするババアを近くにいた侍女《じじょ》に追い出すように頼んでから、全員にババアの出禁を伝えるようにした。

それが終わると可哀想《かわいそう》なほどにボロボロのローリエの元へ戻ってから優しく声をかけた。

「ローリエ……大丈夫か？」

「おとうさま……」

よく見ればローリエの肌にはこれまで受けたであろう暴力の痕《あと》が傷として残っていた。

母親に似た銀髪の美幼女である娘のそんなボロボロの姿を見て俺は――今までのカリスさんの無能さに頭にきていた。

もっと早くに転生していれば……いや、今さらな話だな。

俺はローリエをそっと抱き締めてから言った。

「すまないローリエ。私がお前のことをなおざりにしたからこんなに痛くて辛《つら》い思いをさせてしまって……」

「お、おとうさま……？」

戸惑ったようなローリエの声。

しかし、俺が優しく撫《な》でてやると次第に体が小刻みに震えてきて、声も涙声になっていた。

「わ、わたし……いらないって、いわれて……だめだって……それで……」

「そんなことはない。ローリエは必要だ。私の大切な娘だよ。だから──今までごめん。これからはお前のことをしっかりと愛すると誓うよ」

「……!? お、おと……うさま……うぅ……！」

優しくポンポンと背中を叩いてやると、ローリエはやがて我慢《がまん》の限界がきたのか涙を流して泣きはじめた。

俺はそのローリエを優しく抱き締めながら──これから妻と共にこの子も愛でようと全力で誓ったのだった。

ローリエはしばらくして泣き疲れたのかそのまますやすやと眠ってしまったので、俺はローリエを彼女の自室へと運んでからベッドに寝かせて頭を撫でた。

(こんな幼い子をこんなに痛めつけて……あのババア)

頭にくるが、カリスさんの無能さ加減にも頭にくるのでなんとか抑《おさ》える。

しばらく娘の寝顔を眺《なが》めて俺は思う。

うん！　やっぱりうちの娘は可愛い！

そんな親バカな考えと、こんな可愛い娘と嫁をほったらかしたカリスさんはアホだなという気持ち。

カリスさんは浮気とかはしてなかったけど、本当に何があればここまで家庭を顧《かえり》みないで行動できるのか、俺の倫理観《りんりかん》ではわからなかった。

そんなことを考えていると、コンコン、という控《ひか》えめなノックとともに部屋に入ってくる人物が。

見れば、それは妻のサーシャだった。

サーシャは少し心配そうな表情でこちらに近づいてきたので俺は優しく指でしー、と静かにするようにジェスチャーする。

すると、こくりと頷いてからローリエの寝ているベッドに近づくと、その様子を見て顔を悲しみで歪《ゆが》ませた。

「こんなにボロボロに……私がこの子をほったらかしたせいで……」

「サーシャだけのせいではない。私にも原因はある」

「……いいえ、私のせいです。旦那様に振り向いて欲しくて、この子のことに一切気づけませんでした。私が……私がもっとちゃんとこの子を見てあげていたらこんなことには……私のせいで……」

眠るローリエの頭を撫でながら、瞳に涙を滲《にじ》ませるサーシャ。

そんな彼女を俺は後ろから抱き締めて言った。

「過去のことは繰り返さなければいい……これからは二人でこの子を全力で愛そう」

「……そうですね。すみません旦那様」

「いや……私も君達をしっかりと見ることができなかった。だから——これからは二人を目一杯愛すると誓うよ」

「はい……」

それでもまだ少し悲しそうな表情のサーシャ。

まあ、簡単には気持ちの整理はつかないよな。

サーシャは真面目だし、自分のせいだと思いつめてしまうかも。

だったら……それを何とかするのも俺の役目だ。

「家族としての愛情もそうだが……サーシャにはそれ以上に一人の男として、君を大切にしたいと思ってるんだ」

「それって……」

「私が君のことを好きだという意味だよ。誰よりも……いや、それでは足りないか」

「それは一体……」

俺はサーシャを正面から真っ直ぐに見つめて、その瞳を離さないように、心からの言葉を告げる。

「世界で一番――君を愛してるよ、サーシャ」

そう言うとサーシャは言葉を詰《つ》まらせて涙声で言った。

「私も……旦那様のこと……ずっとお慕いしております……」

「……うん」

気のきいたことを言いたかったが、残念なことにボキャ貧《ひん》の俺にはなかなかうまい言葉はでてこなかった。

代《か》わりに俺はサーシャを優しく抱き締めることにした。

サーシャは嬉しそうに涙を流して大人しく俺の腕の中にいた。

そんな可愛い姿に、俺は本気でダメになりそうだった。

カッコイイカリスさんでいたいのに、それが揺らぐくらいの圧倒的な愛おしさ。

こんな可愛い姿を見て落ちない男はいないだろう。

つまり……本気で俺はこの子に惚れてしまったみたいだ。

「失礼します——おや？」

しばらくサーシャを抱き締めていると、ジークが静かに部屋に入ってくる。

そして、俺とサーシャが抱き締めあっている姿を見て目を丸くしていた。

そんなジークの視線に気付いたサーシャは恥ずかしそうに俺から離れて俯《うつむ》く——ふむ。

離れたのは惜《お》しいが、この可愛すぎる姿を見られたのでとりあえずいいか。

「ジーク、何か用か？」

「ええ。カリス様にお話があったのですが……お邪魔でしたかな？」

「まあな。とりあえず話は外で聞こう」

俺は目の前のサーシャに少し離れると言ってから、寝ているローリエの頭を撫でて部屋を出た。

「それで、どうかしたのか？」

「ええ。先ほど解雇したお嬢様の礼儀作法の教育係の代わりについてご相談しようと思ったのですが……」

流石《さすが》に仕事が早いな。

だが、まずは気になることを聞くとしよう。

「ジーク。お前は、ローリエの教育係の暴力については知ってたのか？」

「……ある程度は」

流石に家中のことはカリスさんより把握していたか。

優秀な執事で頼もしい限りだが……。

「黙っていたのは何故だ？」

「何度か話そうとしましたが、お嬢様の話をした途端《とたん》カリス様は『知らん、どうでもいい』とお聞きにならず、お伝えできませんでした」

うん、百パーセントカリスさんのせいか。

本当にもっと早く転生したかったとため息をつきたくなっていると、「それにですね……」と、ジークがどこか辛そうな表情で言った。

「お嬢様に口止めもされてしまいまして」

「ローリエに？」

思いがけない言葉に俺が首を捻《ひね》るとジークはため息混じりに言った。

「お二人の負担になりたくないと、涙を隠してお嬢様がそれを望まれたのです。私達にはどうしようもありませんでした」

「そうか……ローリエが……」

どこまでも優しい娘に俺は胸が痛くなるが、二度と娘をそんな目にあわせないために、ジークに確認しておく。

「他の教育係で似たようなケースはあるか？」

「いえ……おそらく、礼儀作法の教育係だけかと」

「そうか。とりあえず他の教育係にも同じようなゴミがいたら報告をあげてくれ。あと新しい礼儀作法の教育係は、俺が後で別の人間を雇うから気にするな」

カリスさんはこんなんでも公爵家の長なのだ。

人脈はそこそこあるので宛《あて》はあったりする。

そんな俺の真剣な表情を見てジークはホッとしたように頷いた。

「わかりました。それと、本日の仕事で明日に回せるものは全て明日にいたしましたので、よろしければ本日は奥様とお嬢様のお二人に時間をお使いください」

「……助かる」

「カリス様がようやく目を覚まされたのです。このジーク、あなたにお仕えする身としては当然のことです」

そうニコやかに言うジークに礼を言って俺は二人の元へと戻った。

「うぅん……おとうさま？　おかあさま？」

しばらくサーシャと二人でローリエを見守っていると、うっすらと目を開けたローリエがそう呟《つぶや》いた。

そんなローリエに俺はなるべく笑顔で言った。

「おはようローリエ。体は大丈夫かい?」

「うん……」

寝ぼけているのか、ぼーっとしているローリエ。

まだ本調子ではないのだろうローリエに俺は優しく言った。

「そうか良かった……とりあえず今日はこのまま休みなさい」

「でも、おべんきょうは……?」

「明日からでいい。それとローリエ……今度ああいうことがあったら絶対に隠さないでくれ」

「でも……おとうさまとおかあさまは、おいそがしいからめいわくかけるなって、せんせいが……」

……やはりあのババアは本気で首を斬《き》ればよかった。

そんなことを思ったが、ローリエの前なので、俺はなんとかその感情を我慢する。

そして、ローリエの目を見て言った。

「いいから。お前は私達の大切な娘なんだ。迷惑なんてことは絶対にない。だから――これからはもっと頼ってくれていい。甘えてくれていい」

「わたし……いらないって……」

「私達にはローリエが必要だよ。家族なんだから。だろ？　サーシャ？」

先ほどから黙っているサーシャに視線を向ける。

すると、彼女は我慢できないようにローリエを抱き締めて言った。

「ごめんなさいローリエ……あなたのことに気づくのが遅れてしまって。今さらかもしれないけど……私もね、あなたが大事なの」

「おかあさま……ほんとうに？」

「ええ。あなたは私と旦那様の大切な娘ですもの」

その言葉に……ローリエも我慢できなくなったのかポロポロと涙をこぼしてサーシャに必死に抱きついた。

「うぅ……ぐす……おかあさまぁ……」

「ごめんなさいローリエ……本当に……ごめんなさい……」

似たもの親子というのだろうか。

容姿だけではなく、性格も不器用で優しいところがそっくりな二人の様子を見て、俺も二人を腕の中に包みこむと二人が泣き止《なや》むまで優しく頭を撫でた。

今回のことではっきりした。

この二人は自分でなんでも背負い込むところがある。

痛みを我慢して平然と笑みを浮かべて徐々《じょじょ》に追い込まれていくタイプの危《あや》うさ――誰かが側《そば》にいて支えてあげないといけないというような、そんなところがある。

サーシャは俺がこれから一生夫として側で支えることが確定事項として……まあ、俺以外の男にサーシャを渡すつもりは微塵《みじん》もないのだが、それはそれ。

娘のローリエは、いつかは嫁《よめ》に行くだろう。

あるいは、婿《むこ》を取って我が家を継いでくれるかもしれないけど、ローリエが幸せになれるならその形は問わない。

その時に側で支えてくれる存在が必要かもしれないな。

幸い我が家は公爵家だし、ローリエはまだ四歳。

婚約をするにしてもまだ猶予《ゆうよ》はある。

本当はこんな可愛い娘を嫁に出すのは……まあ、もちろん一人の男親として悔《くや》しいという気持ちはあるが、いつまでも手元に娘を置いて不幸にするのは嫌だった。

心からローリエを愛してくれて、ローリエも心から愛せる相手を探さないと。

もしくは、そんな相手にローリエが出会えたなら……愛娘《まなむすめ》が望むなら、背中を押してあげるのも父親の役目か。

物凄く複雑な親心もなくはないが、なによりの優先はローリエの幸せ。

その為なら何でもする覚悟はある。

まあ、ウエディングドレス姿のローリエをみて泣くことにはなりそうだけど……それも父親の定めだと受け入れる所存でもある。

……ホントだよ？

「さて、二人とも。少し提案があるんだけど、いいかな？」

二人が泣き止んでから俺は思いきってそう言葉を口にする。

「提案ですか？」

「……？」

可愛らしく、母娘《おやこ》で同じように首を傾《かし》げる二人。

そんな癒《いや》される光景に心が和《なご》みつつ、俺はその提案を切り出してみた。

「明日から、食事は家族皆でとりたいと思ったんだけど……どうかな？」

小さな触れ合いからコツコツと。

これまでの時間は取り戻せないけど、それを上回るよう二人との時間が欲しいのだ。

それが建前。

本音？

もちろん、少しでも愛でる時間が欲しいからですが何か？

家族の時間は一秒でも長くとりたい。

食事の時間を共にできれば、さらに二人のことが知れるし良いことだよね。

「そうですね、是非そうしましょう」

「うん！　すごくたのしみ」

そんな俺の提案に、二人はノーとは言わずに快《こころよ》く返事をしてくれた。

大変無邪気で良い返事を貰《もら》えて満足していると、ローリエの様子が視界に映る。

ローリエが、何かを言いたそうにしているように見えたのだ。

その分かりやすい様子に微笑《ほほえ》みつつ、早速俺はローリエに聞いてみた。

「どうかしたのかな、ローリエ？」

「あのね……おとうさま、おかあさま。その……」

「うん、言ってごらん」

少し言いづらそうにしているローリエに優しく微笑むと、それに少し安心してくれたのか、ローリエは意を決したように言った。

「きょうはね、いっしょにねたい……だめ？」

「勿論《もちろん》構わないよ」

即答だった。

モジモジとして、上目遣いでそんな可愛いおねだりをする娘に、俺もサーシャもノーとは言わずに頷いた。

本日は家族の時間ってやつだね。

まあ、夫婦の時間も確実に取るが、今は幼いローリエにこれまでの寂《さび》しさを忘れさせるくらいに愛情を注ぐことが大切だろう。

あ、でも……少し考えてから俺はサーシャにこっそり顔を近づけると囁《ささや》くように言った。

「二人の時間はまた今度――約束だからね」

そう言うと、サーシャは少し顔を赤くしてからこくりと頷いた。

……何この可愛い奥さん。

あ、俺の奥さんでした。

そんな風に俺達はこれまでとは違う関係を、今日ここから新しく始めた訳だった。

❄

「うーん……」

書類を整理しながら俺は考えこんでしまった。

仕事の手を止めないで並行して考え込む俺は意外と器用なのだろうか？

まあ、そんなどうでもいいことはさておき。

ここ数日、サーシャとローリエと共に過ごしていて実は少し引っ掛かることがあったのだ。

具体的に何がというわけではないが、ローリエの顔を見るたびに喉《のど》の奥で何かが引っ掛かるような感覚になる。

「ローリエ……ローリエ・フォール……」

娘の名前を仕事中に呟く俺の姿は傍《はた》から見たらかなり気持ち悪いだろうが、誰も見てないし、ましてや愛しい妻と娘の前じゃないので気にしないで考える。

「ローリエ・フォール公爵令嬢か――ん？」

貴族らしい言葉に少しヒントがあるように思えた。

貴族か……前世、地球の日本の記憶と、今世、中世のような貴族社会のある世界の記憶が入り混じっているせいで、違和感があるようなないようなどっち付かずの感じだが……いや、待てよ？

「ローリエ・フォール……俺はこの名前を知ってる……」

自分の娘なのだから当たり前のことだが、しかし、そうではなく、前世の貴族など身近にいない世界で聞いた覚えがある気がした。

そう――限りなく嫌な予感がしてきた。

これ以上踏み込めば何か恐ろしい真実が見えてきそうな、そんな確信があった。

とはいえ、途中でやめることはできず俺は思考をさらに加速させて、記憶の糸を辿《たど》っていき、そして――。

「まさか……いや、そんなはずは……」

ある可能性、答えに行き着いてしまう。

喉は緊張からか、からからに渇いてしまい、動悸《どうき》が激しくなりながら俺は答えを口にした。

「悪役令嬢、ローリエ……」

前世、地球には、恋愛を疑似体験《ぎじたいけん》するゲームがある。

その中の女性向けの恋愛シミュレーションゲームの一つであり、何故か俺が前世の記憶で一番初めに思い出したゲームのタイトル。

『純愛姫様〜お前とイチャラブ〜』というゲームのヒロインの当て馬と言える存在——攻略対象との恋愛を邪魔する存在である、悪役令嬢の名前が、ローリエ・フォール公爵令嬢。

「偶然……ではないか」

前世の記憶に悪役令嬢に転生した主人公が、バッドエンドを回避《かいひ》する物語があったのを思い出す。

それと同じようなことが俺の身にも起こったと言えるかもしれない。

そもそも、前世の記憶という超展開があるのだ。

類似《るいじ》の物語の世界というのもあながち間違いではないかもしれない。

しかし、そうなると——。

「ローリエが、悪役令嬢ねぇ……」

いまひとつあの天使のような可愛い娘が悪役令嬢になることが想像できないなぁ。

しかし、警戒するに越したことはないだろう。

危険な要素はできるだけ省《はぶ》いておくに越したことはない。

「思い出せ……確か、物語は……」

物語はよくある、貴族の男と平民の女が恋をする物語だったはず。

ローリエが悪役令嬢として登場するのは、メインキャラクターの王子のルートだった。

あとは、ローリエの義弟《おとうと》くんの話で少し出てきたはずだが、今のところ、我が家は養子を迎えていないので、ひとまずそれは置いておける。

問題は王子のルートだが、今のところ縁談の話は来ていない。

確かにローリエと近い年頃の王子がいたはずだが、我が家以外にも公爵家はあるので、これもすぐにどうこうなる話ではないはずだ。

問題があるとすれば、それは——。

「ローリエが王子に惚れた場合か……」

そこばかりはわからなかった。

まだ会ったことのない相手にローリエが恋をするのかどうか……。

ゲームのローリエは確か婚約者である王子への片想いをかなり拗《こじ》らせて嫉妬《しっと》からヒロイ

ンに嫌がらせをするわけだけど——それが、逆に王子とヒロインの仲を深める結果になって、最後にはこれまでの悪事をバラされて、ざまぁエンドという結末になったはず。

これは、王子のルートで不可避とも言えるイベントなのだ。

本編では詳しく描写《びょうしゃ》はされてないが……前に読んだこのゲームの設定資料では、このあと、ローリエは家からも追放されて、路頭《ろとう》に迷い、路地裏で男達に蹂躙《じゅうりん》されてから、殺されるというなんとも酷《ひど》い結末らしいが——俺が、ローリエを家から追放することはあり得ないのでここまで酷くはならないはずだ。

とはいえ……よくよく考えると、ローリエは本来そこまで悪くないんだよね。

好きな婚約者にちょっかい出されたらそりゃあ、嫌がらせぐらいするでしょ人間なら。

まあ、やり過ぎはよくなかったが……それ以前に優柔不断な王子が頭にくる。

婚約者がいるのに、他の女に興味持つとかあり得ないでしょ？

まあ、とりあえずあんな馬鹿な王子になるなら、俺の可愛い娘をわざわざ奴にやる必要はないだろうという結論にはなる。

しかしだ、万が一、ローリエが王子に惚れてしまった場合は——仕方ない。

俺はなるべく二人の仲を取り持って、もしヒロイン様に王子が惚れたら、最低でもローリエに早めに婚約破棄を申し入れるように促《うなが》すしかないか。

とにかくだ、一つだけ確かなことがある。

「俺は——絶対にローリエを……可愛い娘を見殺しにはしない」

そう——結局、やることは一つだ。

サーシャと二人でローリエを可愛がって、ローリエに普通に恋をしてもらって、幸せになってもらう。

もちろん、嫁をほったらかしにしないで、俺は娘と嫁を今以上に可愛がってやるさ。

そう決意すると、少しすっとした。

うん、難しく考える必要はない。

ルートにさえ入らなければローリエは安全なはずだ。

もちろん、ストーリーばかり気にして現実を疎《おろそ》かにはできないが、結局、やることは何も変わらないだろうと、改めて確認できた。

❄

政略結婚でも良かった。

サーシャ・フォールにとっては、誰かと繋《つな》がることが大切だったからだ。

そんな彼女の夫であるカリス・フォールは昔からどこか他人を避《さ》けているように見えた。

いや……正確には、サーシャのみを避けているよう、だろうか？

婚約者の頃からカリスはサーシャのことをどこか苦手にしているようだった。

別に何をしたわけでもないが、それでも、いつも怒っている両親や、家柄のみの関係の友人よりもサーシャはカリスのことが好きだった。

報《むく》われることはないとわかっていた。

カリスがサーシャをしっかりと見てくれることはないと。

それでも、少しでも彼の隣にいられるように公爵夫人として頑張った。

娘が生まれてもその不安が消えることはなかったが、それでも彼女は彼女なりに頑張った。

ただ、カリスに……愛する人のために、公爵夫人として相応《ふさわ》しくあるように努力した。

そして、彼女は気づけなかった。

忙しさの中、カリスとの間にできた娘が一人我慢していたことに。

事態が好転したのは娘を産んでから四年経《た》ってからだった。

カリスが連日の忙しさから倒れて、頭を打ったのだ。

彼女は心底心配で、迷惑だとわかっていても彼の側にいたくて、寝ているカリスのかたわらで彼を見守ることにした。

目覚めた彼は何やら憑《つ》き物《もの》が落ちたような――いや、むしろ、人格が変わったように、サーシャに笑みを浮かべて言葉をかけてくれたのだ。

もちろん最初は戸惑った。

頭を打った影響でおかしくなったのかと。

しかし……。

そう優しくこちらを見つめてくる瞳に……あまりにも優しいその瞳に、心から想ってくれているその声に、サーシャは再び恋に落ちた。

「サーシャ」

カリスはサーシャをこれから愛すると言ってくれた。

今さらそんなことを言われるとは思わず、困惑はした。

でも、それでも……そう言ってもらえたことが何よりも嬉しかった。

カリスに何が起こったのかはわからない。

でも、もし、人格が変わっていたりしても、こうして自分を愛してくれるならそれでいいと思った。

他人からなんと言われようと——この人に初めて愛していると言われたことには変わりないからだ。

「旦那様、よろしいでしょうか？」

ローリエが悪役令嬢であると知ってから数日後。

決意新たに、夜遅くまでお仕事をしていると、ノックと共にサーシャの声が聞こえてきた。

「サーシャかい？　ああ、入ってくれ」

「ありがとうございます」

入室してきたサーシャはティーセットを持っており、お茶を淹《い》れに来てくれたのだと分かった。

実はサーシャはお茶を淹れるのが上手い。

貴族の夫人にはあまり必要とされてないスキルだけど、サーシャの祖母がそうしたことが得意で、そんな祖母が大好きだったサーシャは小さい頃から教わって練習してたらしい。

それにしてもサーシャのお茶か……素晴らしいね。

奥さん手ずからのお茶というのは最高すぎる。

サーシャが淹れてくれるというだけで、美味《おい》しさは何倍にもなるだろう。

なお、使用人でなくサーシャが来てくれたのは、俺のここのところの働きすぎが目立つので、そのストッパーと夫婦の時間をジークが考慮《こうりょ》したのだろうと容易《ようい》に予想はつく。

ジークの考えはさておき、サーシャの顔を見られるのは嬉しいので有難《ありがた》い。

「ローリエは寝たのかな？」

「はい、気持ちよさそうに寝ていますよ」

「それなら良かった」

最近は、添《そ》い寝《ね》もしている娘を寝かしつけてきたサーシャ。

俺ももっと添い寝をしてあげたいけど、やれるうちにできることは済ませないと後が大変なので仕方ない。

「少し休憩にしませんか？」

「そうだな……サーシャがお茶を淹れてくれるなら、そうしよう」

「はい、ではすぐに準備をしますね」

そう言ってから手際良くお茶を淹れてくれるので、俺は執務机から休憩用のソファーへと移動してゆったりと腰をかける。

「旦那様」

「ああ、ありがとう」

良い匂《にお》いの紅茶だ。

飲むと、少し心が落ち着いた。

「美味しいよ、ありがとうサーシャ」

「それなら良かったです」

そう言いながら、優しく微笑《ほほえ》むサーシャが可愛い。

「あの……と、隣いいですか？」

「構わないよ。おいで」

「――！　あ、ありがとうございます……」

勇気を出して、俺の隣に座るサーシャ。

それだけでも幸せなのか、「えへへ……」と、実に良い笑みを浮かべるので、俺としては愛おしくて仕方ない。

サーシャさん可愛すぎでは？

「ローリエとは仲良くなれたようだね」

「はい、あの子は優しいので、こんなダメな母親を許してくれましたから」

「それを言うなら、私の方がダメだったけどね。君やローリエのことを全く見てなかったのだから……と、この話はやめよう」

「そうですね」

過去ではなく、未来を見ようとこれから頑張ると決めたので掘り返すのはなしだ。

「ですが、旦那様は少し頑張りすぎだと思います」

「そうかな？」

「はい。私達の為にあれこれして下さっているのは存じておりますが……もっとご自身も大切にしてください」

心からの言葉に心底嬉しくなる。

本当に、こんなダメなカリスさんを一途《いちず》に想い続けるなんて、サーシャさんってば天使なのでしょうか？

いえ、ローリエが天使なので、サーシャは女神かな？

「ありがとう、サーシャ」

「ジークから、急ぎの仕事は今日はないと聞いています。本日はもうお休みになってください」

やはり奴から聞いていたのか。

流石我が家の執事長だね。

「では、サーシャに添い寝して貰おうかな」

「ふえ!?　そ、それって……」

あれこれ妄想してそうな真っ赤なサーシャさん。

夫婦なのにこの初さは本当に子持ちの人妻とは思えないけど、それがいい。

第二章 嫁と娘が可愛すぎる件について

「よし……こんなものか」

仕事を早めに切り上げてから俺は厨房《ちゅうぼう》を借りてクッキーを焼いていた。

この世界の食材の少なさに四苦八苦《しくはっく》すること三回。

まだまだ完璧には遠いが少なくともこの世界のお菓子の中ではかなり美味《おい》しいものができた自信があった。

何故《なぜ》、俺がお菓子を焼いているのか。

もちろんそれは、愛する妻と娘に少しでも美味しいものを食べてもらいたいからだ。

前世の記憶のクッキーと、この世界のクッキーの味を比べれば誰でも思うことだが、やはり、科学未発達なこの世界ではなかなか良質な食材を手配するのは難しく、どうしても味にバリエーションがつけられなかった。

とりあえず形はなるべく可愛《かわい》くしてみた。

まあ、渋《しぶ》いオッサンが可愛くクッキーをデコる姿は自分でも正直イタイと思ったが……

うん、愛する者のためならこの程度の試練はどんと来いだ。

「おや、カリス様。完成ですか？」

そんなことを考えていると、我が家の料理長のガーリックが興味深そうにこちらを覗《のぞ》いていた。

「ああ。とりあえず完成だよ」

「そうですか。それにしても、カリス様はいつの間に料理を習ったのですか？」

「んー、まあ、ちょっとね。よければ味見を頼めるかな？」

「はい、もちろん」

流石《さすが》に前世の記憶で学んだとは言えないのでそう言って誤魔化《ごまか》す。

そんな誤魔化しが上手くいったようで、ガーリックは快《こころよ》く頷《うなず》いてくれた。

なんだか騙《だま》したようで悪い気もしたが、本当のことなど言えないので仕方ない。

そんな俺には構わずガーリックはクッキーを一口食べてから——フリーズした。

「ガーリック？」

「……カリス様。これのレシピを教えては貰《もら》えませんか？」

「構《かま》わないが……味の感想は？」

何やら鬼気迫《ききせま》る感じで言われては断れないのでそう聞くと、ガーリックは思わずといわんばかりに表情を変えて言った。

「それはもう、凄《すご》く美味しいです。本当にどうやったらここまで美味しいものを作れるのでしょうか？」

「まあ、愛情……かな？」

前世の知識でズルをしているとは言えないのでそう答えると、ガーリックは何やら納得したように頷いた。

「なるほど。やはり、ここ最近になってからのカリス様が奥様とお嬢様に愛を持って接するようになったからなのでしょうか？」

「はは……まあね」

冷や汗が出そうになる。

まあ、事実なので仕方ない。

ここ最近、フォール公爵家《こうしゃくけ》の雰囲気は以前とは違うものになっていた。

これまでは、当主であるカリスさんと、公爵夫人であるサーシャ、そして、公爵令嬢のローリエとの仲が絶望的だったのが、屋敷の雰囲気を重苦しいものにしていたが……カリスさんの人格が俺になってからは、どこか皆安心したように明るい雰囲気になったのだ。

理由はもちろん俺が二人をこれでもかというくらい甘々に接するようになったからだが……最初の頃はその様子を見た使用人の唖然《あぜん》とした顔がそこかしこにあって、それはそれは面白い感じだった。

ここ最近はそれにも慣れて呆《あき》れたような……だけど、どこか微笑《ほほえ》ましげに俺達を見つめる使用人の比率が高くなっていた。

「そうだ。今度、作ってもらいたい料理があるんだが……頼めるか？」

「それはもちろん！　では、このクッキーのレシピと一緒に後で教えて貰いたいです」

「あぁ。とりあえず私は二人をお茶に誘うから、また後でな」

そう言ってから俺は厨房を後にした。

なお、ガーリックとは今後、異世界の料理の再現や食材探しに協力してもらう機会が多くなっていくのだが……それはそれ。

この時の俺は二人のことしか考えていなかったのは言うまでもなかった。

「申し訳ありません。お嬢様は現在、ダンスのお勉強中でして……」

ローリエの侍女《じじょ》の一人にローリエのことを聞いたらそう返事をされた。

まあ、ダンスは貴族にとっては大切なものだし、仕方ないか。

頑張って学んでいる愛娘《まなむすめ》の邪魔はしたくないし、終わってから存分に褒《ほ》めて愛《め》でるとしよう。

「わかった。その後は、今日は特に予定はないな？」

「はい。本日はダンスのお勉強で終わりですが……」

「なら、終わったらローリエに、中庭に来るように伝えてくれ。親子でお茶がしたいと」

「もちろんです！　お嬢様きっとお喜びになります」

嬉しそうな表情を浮かべるローリエ付きの侍女。

ふむ、こういうローリエの味方の侍女がいるのは安心できるな。

一応、あの礼儀作法の教育係だったババア以外に似たような奴は解雇《かいこ》してローリエとサーシャの身の回りはなるべく綺麗《きれい》にしたが……こうして、主《あるじ》のことをしっかりと考えられる人材は貴重だし頼りにもできる。

「そうだな……これからもローリエのことを頼むよ」

そう言うとローリエの侍女は嬉しそうに頭を下げたので、俺はそれを見てからサーシャの元へと向かった。

「サーシャ様でしたら、お部屋で刺繍《ししゅう》をされていますよ」

サーシャの侍女はそう言っていたので、俺は静かにノックしてからサーシャの部屋に入った。

サーシャは日当たりのいい場所で静かに刺繍をしていた。

その姿は真剣で、日差しのせいなのか、サーシャの銀色の髪も心なしか綺麗に反射していた。

俺はその神秘的な光景にしばし見いってしまっていた。

まるで絵画《かいが》のような美しさ――それほどにサーシャの横顔が魅力的《みりょくてき》だったのだ。

「……サーシャ」

しばらくその光景に見惚《みと》れてから俺は静かに声をかける。

すると、サーシャは驚いたように手を止めてこちらを見て言った。

「だ、旦那様……すみません。集中してて気づくのが遅れて……」

「いや。私も唐突《とうとつ》に押し掛けてすまないね。君の横顔に見惚れていたから声がかけられなかったよ」

「み、見惚れるなんて、そんな……」

照れ照れでそう言うサーシャ。

なんだこの嫁……可愛すぎる！

そんなことは表情には出さずに、俺はサーシャに近づくと手元のものを見てから……笑顔で言った。

「綺麗なデザインだね」

「あの、こ、これは……旦那様に渡そうと思って……その、迷惑でしょうか？」

そんなことを聞いてくる我が嫁。

その姿があまりにも可愛すぎて、思わず俺はサーシャの頭に手を乗せてから驚くサーシャの頭を優しく撫《な》でて言った。

「嬉しいよ。サーシャからのプレゼントならなんだろうと嬉しいさ。何しろ愛しい妻からの贈り物なんだからね」

「はぅ……」

その言葉に顔を真っ赤にするサーシャ。

子持ちの三十歳の女性とは思えないくらいに初《うぶ》な反応をするサーシャ。

そんなサーシャに……俺の理性はかなり試されていた。

うん、だってさ、この嫁さんいちいち反応が可愛すぎるんだもん。

発言、行動、表情に気持ち……どれをとっても可愛くて尊《とうと》い。

こんな可愛い嫁さんを持っていて、今までほとんど構ってこなかったカリスさんの正気を疑いつつも、俺は理性との戦いを繰り広げていた。

割と押されている理性……本能が勝てば、きっと我慢が解き放たれるので、頑張らねば。

「そ、それで……旦那様はどうされたのですか？」

サーシャをひとしきり愛でてから、落ち着いてきたサーシャにそう聞かれて俺はようやく本題を思い出す。

いかんな、サーシャが可愛すぎてすっかり忘れてたよ。

俺はまだ愛でたい気持ちを抑《おさ》えてから、サーシャに言った。

「そうそう。ローリエがダンスの勉強を終えてから三人でお茶でもしようと思って誘いにきたんだが……どうかな？」

そう聞くと、サーシャはパアッと表情を明るくしてから——すぐに表情を戻すとこくりと頷いた。

「もちろんです。嬉しいです……」

「そ、そうか……では、ローリエが終わるまでは二人で過ごしたいのだが……構わないか？」

「はい……お側《そば》におります……」

嬉しそうにそう言われて、俺は……内心かなり悶《もだ》えていた。

……なんなのこの天使!? うちの嫁可愛すぎるだろ。

きっと、夜ならこのままベッドにお持ち帰りしていただろう可愛さ。

これは、ローリエの弟か妹が新しくできるのも時間の問題かもしれない。

そう、マジで思いましたよ、ええ。

❄

「おとうさま！　おかあさま！」

「ローリエ」

部屋でサーシャとイチャイチャしてから、二人で中庭に向かう。

すると、ちょうどローリエも勉強が終わったのか、偶然廊下《ぐうぜんろうか》で鉢合《はちあ》わせになった。

嬉しそうに駆け寄ってくるローリエの頭を撫でて俺は言った。

「勉強お疲れ様。もう終わったのかい？」

「はい、おとうさま」

「そうか……よしよし」

撫でていると心地のよい感触。

母娘揃《おやこそろ》ってとても心地よく綺麗な銀髪が最高だ。

俺に撫でられて実に嬉しそうに……そして、緩《ゆる》んだ表情のローリエ。

やはり親子というか、撫でられた時に同じような表情を浮かべるので、可愛くてそのまま撫で続けてしまう。

すると、そんな俺達を微笑ましそうに見守りながらも、俺に撫でられるローリエを少し羨《うらや》ましそうに見ているサーシャに気が付く。

どれだけやろうとも、スキンシップがしたいサーシャってばマジ可愛すぎでは？

「……サーシャには、また後で二人きりの時に……ね？」

「は、はい……」

小声でそう言うと恥《は》ずかしそうにしながらも頷くサーシャ。

そして、俺のターンが終わると、今度はサーシャがローリエの頭を撫でた。

母親から頭を撫でられて、嬉しそうにしているローリエと、優しくローリエを撫でるサーシャ。

俺に向けるのとはまた別の顔をする二人。

母親に甘えるローリエと、そんなローリエに母性的な笑みを浮かべるサーシャ。

うん！　やっぱりうちの嫁と娘は最高だな！

「とりあえず……中庭でお茶にしよう」

そう言うと二人も触れ合いをやめて移動をはじめた。

本日は天気もよく、風も心地よい。

最高のロケーションに最愛の二人がいるだけで、俺のテンションは自然と上がる。

侍女がお茶を淹《い》れてくれている間に、俺は先ほど焼いたクッキーを二人に出すと尋《たず》ねた。

「クッキーを焼いてみたんだけど、食べてくれるかな？」

そう言うと二人は驚いたような表情を浮かべてから、サーシャがまず聞いてきた。

「えっと、旦那様が作ったのですか？」

「そうだよ。二人のために愛情をこめて作ったから、良かったら食べて欲しいな」

そう言うと驚きながらも頷いてくれるサーシャ。

ローリエもクッキーという単語に嬉しそうにしていたので、俺はクッキーを二人の前に置いてから言った。

「ローリエのものはなるべく甘めに作った。サーシャのは優しい食感になるようにしてみたけど、口にあうかな？」

「私とローリエのためにそこまでしてくださったのですか？」

「まあ、その……二人に美味しいものを食べて欲しかったから。大して手間ではなかったし」

「旦那様……」

「おとうさま、ありがとうございます！」

感極《かんきわ》まっているようなサーシャと、太陽のような笑みを浮かべるローリエ。

なんだかこの二人の表情を見られただけで、頑張って作ったかいがあった。

まあ、まだ二人とも食べていないのだが。

俺は二人に食べてみるように勧《すす》めてみる。

「まあとりあえず、食べてみてくれ」

「はい。では……」

ほとんど同時にクッキーを食べる二人。

その後の表情まで一緒で、嬉しそうな笑みを浮かべて言った。

「美味しい……」

「あまくて、おいしい！」

「そうか……よかったよ」

とりあえず二人の美味しそうに食べる姿に一安心する。

似た者親子というか、サーシャもローリエも凄く美味しそうに食べてくれるので、俺としても嬉しくなりながらお茶を飲んだ。

「旦那様は食べないのですか？」

「ん？　ああ、私は二人の美味しそうに食べる姿でお腹《なか》いっぱいだよ」

そう言うと恥ずかしそうに頬《ほお》を染めるサーシャ。

相変わらずの嫁の可愛さに思わず甘やかしたくなる衝動《しょうどう》にかられるが……娘の前なのでなんとか鋼《はがね》の精神で耐《た》えた。

大丈夫、俺は紳士だ。

ましてや、娘の前はサーシャとしても恥ずかしいだろうから耐えねば。

しかし、少し恥ずかしがりつつも嫌そうではないサーシャの姿を一瞬想像してしまい揺らぐ精神――くっ！　耐えねば！

そんな俺の葛藤《かっとう》を知るはずもないローリエは、しばらく美味しそうに食べていた手を止めて何かを考えてからクッキーを一つ持ってこちらに差し出してきた。

「おとうさま、あーん」

おっふ。

娘からまさかそんなことを試されるとは思わず、変な声が出そうになるが、何とか堪《こら》えた。

よく耐えたぞ、俺。

しかし、そんな俺に追い打ちをかける存在が。

そう、サーシャだ。

娘に触発《しょくはつ》されたのか、サーシャも恥ずかしそうにしながらも、こちらに震える手でクッキーを差し出してきて言った。

「だ、旦那様……あ、あーん……」

ぐはぁ。

思いっきり射貫《いぬ》かれるハート。

クリティカルですよ。

可愛い嫁と娘からのあーん。

今ほどカリスさんに転生したことを嬉しく思ったこともないよ。

そんな感じで和《なご》やかにお茶会の時間は過ぎていったのだった。

ローリエの無邪気《むじゃき》な行動に触発されて、サーシャが可愛く健気《けなげ》に尽くそうとしてくれる姿が物凄く尊かった。

最高に役得な光景で、これからは定期的にお茶会を開こうと密かに決意したのは言うまでもないだろう。

❄

その日は、仕事を早めに切り上げると、恒例《こうれい》の娘との添い寝に備えた。

夫婦の時間を作りつつも、娘とも家族三人で寝たり、こうしてどちらか片方と寝たりもするけど、今日は俺がローリエを独占できるようだ。

「えへへ、おとうさま♪」

隣に寝ると、嬉しそうに抱き着いてくる我が娘。

「おとうさま、すごくおおきくてあんしんする……」

「お母様の方が柔らかくて温かいだろうけどね」

「おかあさまもおなじことといってた」

同じ……あれかな？

『お父様の方が大きくて安心するでしょ？』みたいな感じかな？

夫婦揃って娘に似たようなことを言うとは……それだけお似合いってことだよね。

「おとうさま、あったかい」

嬉しそうにギュッと身を寄せるローリエってば、めちゃ可愛いです。

「おかあさまもおとうさまのこと、すごくだいすきだけど、わたしもおとうさまのことだいすきです」

「そうか……お父様もローリエのこと大好きだぞ。もちろん、お母様のこともね」

「えへへ、うれしいです」

母娘二人きりでどんな話をしているのか興味深いけど、今はこの可愛い娘との添い寝を堪能《たんのう》しないとな。

うん、うちの娘は本当に愛らしいです。

❀

「おとうさま……」

「大丈夫だ。お前はお前らしくしていればいい」

心配そうな表情で隣に座るローリエに俺は優しくそう言った。

場所は馬車の中。

ローリエの五歳の誕生日まで一ヶ月をきった中で、本日は貴族の子供の初顔合わせになる。

とはいえ、正式な顔合わせは五歳になってからしばらく後なので、これはいわゆるその前哨戦《ぜんしょうせん》といったところだろうか？

今日は、この国の第二王女であるセレナ様の誕生日なのだが、セレナ様と同じ年頃の令嬢のみが当主と共に参加するという特別な形がとられているのだ。

まあ、王族としてはセレナ様の友人探し。

貴族としてはセレナ様に気に入られたら縁が持てるし、他にもその家に子息がいれば、王女様を家に迎えられるという淡《あわ》い期待もあるのだろう。

そういう裏の目的がある面倒な貴族社会の大人の事情をローリエに説明する必要はないので、俺は気楽にやるように言った。

「王女様に礼儀をかくのはよくないが……でも、ローリエがこれまで習ったことを覚えていて、いつも通りにできれば大丈夫だよ」

「でも……ふぉーるこうしゃくけのこどもとしてしっかりしないと……」

五歳になる前の子供とは思えない台詞《せりふ》だった。

うちの愛娘は母親に似て、大変賢《かしこ》く、また真面目な子のようで嬉しくなる。

そんな緊張しているローリエの手に優しく触れると、俺は緊張で握って力の入ってしまっている娘の指をゆっくりとほぐして言った。

「気負う必要はないよ。セレナ様と親しくできるようならして、できないなら最低限挨拶《あいさつ》だけで終わらせても構わない。もちろん家のことは大事だが……その前にローリエがローリエらしくいられることが大切だからね」

「そう。いつもの優しく、思いやりのあるローリエでいてくれることが私にとっては何より嬉しいんだよ」

「わたしらしく……」

そう言うとローリエは少し落ち着いたのかこくりと頷いた。

まあ、公爵家の長《おさ》としてはもっと貪欲《どんよく》に子供に家のことを求めるのが正解なのかもしれないが、残念ながら俺はそこにばかり拘《こだわ》れないようだ。

無論、貴族として家の存続は大切だ。

ローリエや、これからできるかもしれない子供達のためにもより良く残したい。

しかし、それはある程度であればいいので俺の望みは一つだ。

俺は、自分の家族が――子供が幸せならそれでいいのだ。

人間関係が大切な貴族社界の常識ではどんなに嫌な相手だろうとあわせていくのが大切なのだろうが、ローリエに無理をして欲しくないという親心があるのは決しておかしなことではないと思っている。

もちろんそういう辛《つら》い経験が必要な時もあるだろう。

それは否定しないが、その手の経験は最低限でいい。

少なくともローリエはこれまで、孤独に耐えてきたのだ。

なら、ここから先、ローリエの支えになる人間が見つかるまでは親が子供を守ることは当然だろう。

「ローリエ。お前は賢くて、優しい子だから我慢しちゃうことが多いだろうが――もっと、私やお母様を頼っていいんだ」

「でも……おとうさまもおかあさまもおいそがしいのに……」

「子供のために時間を作ることは当たり前だよ。お前は私とサーシャの大切な娘なんだからね」

そう言って俺はローリエの頭を優しく撫でてあげる。

すると、ローリエはくすぐったそうにしてから気持ちよさような表情を浮かべた。

子猫のような愛らしい表情は、本当に母親そっくりで、こんな可愛い子をいつか嫁に出すかもしれないと考えると胃が痛くなる思いもなくはなかった。

いえ、正直申しまして、非常に複雑ではありますが、それは仕方ない。

父親なら、可愛い愛娘が嫁に出る時の寂しさはきっとある。

ましてや、うちの可愛いローリエなら尚更《なおさら》だ。

……というか、かなり親バカかもしれないが、余程いい男でない限りうちの娘をくれてやる気はないという頑固親父が俺の中に生まれるほどに俺は娘を愛らしく思っていた。

「とにかく。ローリエはいつも通りのローリエでいればいいから。あまり気負う必要はないよ」

「はい、おとうさま」

少しは効果があったのか、ローリエは少し力が抜けたようだった。

まあ、しかし、やはり緊張してしまうのは仕方ないことなので、俺はそっと手を握ってから優しく言った。

「会場までは絶対にローリエの手を握っている……だから、安心していいよ」

「うん……おとうさまので……あんしんする……」

「お母様と違って綺麗な手ではないがね」

そう言うとローリエは首をふって言った。

「おかあさまのてはすごくやさしくて……おとうさまのてはすごくあったかい……」

「そうか……まあ、とにかく。会場まではローリエの手を絶対に離さないから大丈夫だよ」

「……うん！」

太陽のような笑み。

やはり、我が家の娘が可愛いことを改めて確認できたので、俺はそれが表情に出ないようにするのに必死になっていた。

渋いオッサンのデレ顔とか誰得だよって感じなのもあるが……ローリエには格好いい父

親でいたいという見栄もあったのは否定できないだろう。

会場に着くとすでになん組かの親子が集まっており、俺は爵位《しゃくい》が近い人間から軽く挨拶を行うことにした。

貴族社会には、様々な面倒なルール……というか、暗黙の掟《おきて》、当然のマナーなどが存在する。

例えば、爵位が低い者からは声をかけることは無礼であり、爵位が高い者から挨拶をされるまでは発言すらダメという暗黙の了解がある。

無論、これは行事や夜会などの公《おおやけ》の席での些細《ささい》なものだが、この暗黙の了解でさえ、あくまで暗黙なので、様々な要因で変わったりもする。

例えば、夜会などの主催者や主役……ホストの場合。

高位の爵位持ちや王族なんかは、その場にいる自分以外の爵位の高い人達から順番に自分の元へ来てもらったりするし、本当にケースバイケースの面倒なものである。

その場の空気と状況で変わるので、空気の読める貴族である必要もある。

実に面倒だが、それができてこそ高貴なる血筋らしい。

前世の俺が高貴なる血筋なのかは知らないが、少なくともカリスさん自体は生粋《きっすい》の貴族だし、体裁《ていさい》はきちんとしないとね。

そんな面倒なことを律儀《りちぎ》に守らないといけないのは貴族の嫌な点だがこれもお仕事と割

り切る。

まあ、それらの言外のルールは、基本的には社交界などの大きな行事でのことで、この国では普段は比較的そこまで拘る人間はいないのだが、それでも、こういった公の場では古い伝統こそが重要視されてしまうのは仕方ないだろう。

これに関しての俺の意見は何とも言えない微妙なものである。

貴族として生きてきたカリスさんの側面ではそれが当たり前という感覚が強いが、前世の知識部分ではやはり違和感を覚えてしまうのだ。

二人の人間の記憶を持つのも楽じゃないが、可愛い嫁と娘のためなら余裕でもあった。

さて、そんな訳で、早速俺達は、うちと同じ公爵家の人間から何人か挨拶をしていく。

ローリエも恥ずかしそうにしつつもなんとか挨拶をしていた。

教育係が最悪だったとはいえ、元から才能があるのだろう、我が娘は、幼いながらも公爵令嬢として相応《ふさわ》しい振る舞いをしてくれていた。

俺に分かるくらいに少し恥ずかしそうな様子がまた堪《たま》らなく愛しい。

ローリエたそマジ天使!

そんな感想を抱きつつも、渋いオッサンフェイスに笑みをはりつけて挨拶回りをしていると、やがて時間になり、国王陛下と第二王女のセレナ様が姿を現した。

会場の全員が一斉に礼の姿勢をとる。

「皆のもの、本日はよくぞ来られた！　本日は我が娘――セレナが八歳となった祝いの日だ。存分に楽しんでいってくれ！」

その陛下の一言からパーティーは始まった。

そして、トップバッターで陛下に挨拶に向かうのが。

「本日はお招き頂きありがとうございます」

「フォール公爵、よくぞ来られた」

「お久しぶりです陛下。セレナ様も……おめでとうございます」

我がフォール公爵家だった。

まあ、我が家はかなり上位の公爵家だから当然なのだが、そんな中で緊張しているローリエの頭を優しく撫でてから俺は二人にローリエを紹介した。

「こちらが私の愛娘――ローリエと申します」

「ろ、ろーりえ・ふぉーるです。このたびはおまねきいただきありがとうございます」

そう言ってから完璧に淑女《しゅくじょ》の礼をとるローリエ。

満点のその所作に、俺は内心で盛大な拍手を送ってから陛下に視線を戻す。

すると、何故か陛下は驚いたような表情を浮かべていた。

「どうかなされましたか？」

「いや……貴公があまりにも娘を見る目が優しいことに少し驚いてな。こう言ってはなんだが、貴公はあまり家族に関心を向けているようには思えなかったからな」

国王にすら不仲だと思われているカリスさん。

悲しすぎるが事実なので仕方ない。

俺は苦笑気味に言った。

「以前までの私でしたらそうでしょうね。ですが、私は今、心から娘を愛《いと》しく思っておりますよ。無論それは妻に対しても同じです。大切な愛妻と愛娘ですから」

「そうか……まあ、貴公の娘なら私の娘とも仲良くできるだろう。よろしく頼むぞ、ローリエ嬢」

「は、はい……」

そう言ってから陛下とセレナ様は他の貴族へと挨拶に向かったが、セレナ様は一度こちらに近づいてくるとローリエを見て笑顔で言った。

「今度、一緒にお茶しましょうね。ローリエさん」

「は、はい……セレナ様」

思いの外フレンドリーな王女様に戸惑いながらもローリエはなんとか挨拶ができたようだった。

セレナ様は一瞬俺を見て笑みを浮かべてから陛下の元に戻っていった。

何だろう……不自然な点はないのに何故か、違和感を覚える。

「ローリエ。よく頑張ったな」

二人のもとを去ってから俺は小声でローリエを褒めてあげると、ローリエは緊張した様子で言った。

「わたし……ちゃんとあいさつできた？」

「ああ。もちろん。帰ったらご褒美に美味しいお菓子を作ってあげるからな」

「……！　……うん！」

嬉しそうに微笑むローリエ。

この笑顔を守りたい……そんなキャッチコピーでさえ不足なローリエがめちゃ可愛すぎる件について。

天使のような微笑みを浮かべるローリエを見て俺は今すぐ可愛がりたい衝動にかられたが、他の家との挨拶がまだすんでいないことを思い出してなんとか踏みとどまった。

その後は特に大きなことは起こらず和やかにパーティーは進んでいった。

ただ、時々、セレナ様がこちらを見ていたような気がするのは俺の気のせいだろうか？

まあ、そんな疑問は後日解消されることになるのだが……この時の俺は、このパーティーの後にローリエに何を作ってあげるかを悩んでいたので、その疑問はあっさりと放置されてしまった。

完全にローリエのことだけを考えていたのだが、頑張った娘へのご褒美を考えるのが非常に楽しかったので仕方ない。

「ただいま」

「おかえりなさいませ。旦那様。ローリエ」

パーティーを終えて、ローリエと共に屋敷に戻ると、出迎えてくれたのは最愛の妻のサーシャだった。

可愛い奥さんを見て、俺はだらしなく緩みそうになる頬を何とか抑えてから、紳士スマイル（カリスさん的に最も映《ば》えそうな笑顔）で言った。

「いつも出迎えありがとう。サーシャを見ると私も元気になれるよ」

「いえ、私こそ、旦那様のお出迎えができて凄く幸せですから……」

照れつつも嬉しそうにそう言うサーシャ。

うむ！　やはり俺の嫁は可愛いなぁ！

こう、俺への健気な想《おも》いが隠せないところとか最高すぎです！

と、そんなことを考えていると、ローリエが俺の服の袖《そで》をひっぱってから控えめに言った。

「おとうさま……あ、あの……」

「うん、わかってるよ。お菓子ならこれから用意するから少し待っててくれるかな？」

そう言うとパアッと表情を明るくするローリエ。

単純で可愛いが、こんな天使のような娘をいつか他の男にやらねばならないとなると、複雑な気持ちになる。

気が早いという人も多いだろうが、結婚年齢が比較的若いこの世界ではそこまでおかしくもなかったりするみたいだ。

子供の成長は早いからなぁ……。

早めに、反抗期の時の対処も考えないとダメかな？

反抗期ローリエか……謎のロマンがあるが、素直な天使のままでいてもらいたいエゴもなくはない。

ま、どんなローリエでもバッチコーイだが、それはそれ。

と、そんなことより……。

「サーシャ。これからお菓子を作るつもりなんだが……よければ皆でお茶にしよう」

「これからですか？　お疲れでは……？」

心配そうにそう言ってくるサーシャ。

優しい嫁にほっこりとしつつも俺は笑顔で言った。

「可愛い妻と娘のためならなんてことないさ。二人の笑顔が私にとっては何よりの宝だからね」

渋いオッサンの、できる限りのイケメンスマイルにサーシャは顔を赤くして『嬉しいけど、娘の前だから我慢！』というような様子を見せる。

ハッキリ言おう……めちゃめちゃ萌えまする。

今すぐ抱き締めて部屋にお持ち帰りして存分にサーシャを堪能したい衝動を抑えるのに必死になった。

耐えろ……耐えるんだ。

俺は安心安全な羊さんなのだから。

オオカミさんになるのはまだ早いし頑張れ、俺。

そんな邪念を消し去ろうとする俺と、恥ずかしそうなサーシャを見て無垢《むく》に首を傾《かし》げるローリエはまさに天使としか例えようがなかったのだった。

❄

「そう、ちゃんとご挨拶できたのね」

「はい！」

嬉しそうに頷く娘のローリエ。

旦那様もご一緒だったので心配はしてませんでしたが、上手くパーティーで挨拶できたと知って私は少し安堵《あんど》しました。

帰ってきたばかりなのに、旦那様は私達のためにお菓子を作りに厨房に向かったので、私はローリエとその間お話をしていました。

「あなたは要領が良いので心配はしていませんでしたけど、よく頑張りましたね」

「ありがとうございます、おかあさま」

最近、少しは慣れてきたローリエの頭を撫でると、ローリエは嬉しそうに笑みを浮かべました。

本当に素直で無邪気な子です。

「あとあと……おとうさまが、わたしを『まなむすめ』っていってくれました」

「そう、良かったわね」

嬉しそうなローリエが可愛くて思わずそう本心からの言葉が出てきます。

「おかあさまのことも、『あいさい』っていってました」

「――――！　ほ、本当ですか？」

動揺のあまり飲みこもうとしたお茶でむせそうになってしまいます。

旦那様がそんなことを言って下さるとは……思わず頬が緩んでしまいそうになります。

「はい！　へいかのまえでそういってました！」

「はぅ……」

思わず顔が熱くなります。

旦那様ったら……でも、そうなんだ、愛妻……えへへ……。

「おかあさま、うれしそう」

「ふふ、そうかもしれませんね」

旦那様にそう想って頂けているのなら、これ以上の喜びはありませんでした。

「おかあさまも、わたしとおなじで、おとうさまだいすき」

「ええ、そうですね。他にも色々聞かせてくれますか？」

「うん！」

それから、他にも今日パーティーであったことを聞きますが、私達のことを旦那様が考えてくれているとわかって嬉しくなります。

「そういえば、おかあさま。おへやにあったのはおとうさまへのぷれぜんとですか？」

そうして微笑ましく聞いていると、ふとローリエがそんなことを尋ねてきました。

先ほど、一度自室に戻った時に、ローリエも部屋まで付いてきたので、机の上を見られていたのでしょう。

「ええ、上手くできたらローリエにも作りますけど……お父様にはまだ内緒ですよ？」

「どうして？」

「もっと上手になってから驚かせたいので」

「わかりました！」

元気よく頷くと、「しぃー」と、人差し指を口に当てる私の真似をするローリエ。

可愛くそう約束をするローリエとまったりと旦那様を待ちますが、私には調理技術がないのが残念です。

できれば、旦那様のお手伝いをして……前に本で読んだ、庶民の新婚さんみたいな雰囲気も悪くないですね。

申し訳ない気持ちにもなりますが、そんな妄想をしてしまいます。

でも、私達のために頑張っている旦那様が凄くカッコいいので申し訳なさと混ざって色んな気持ちになってしまうのですが……それでもこうして旦那様を娘と待つ時間は悪くないのでした。

大切な人が待っていれば来てくれるというのは、これまでだと有り得なかったのですが、それが叶《かな》う今は凄く嬉しいです。

早く旦那様に会いたいなぁ……。

❋

「さてと……」

邪念《じゃねん》をなんとか抑えてから俺は厨房に立っていた。

二人は今頃くつろいでいるだろうから、早めに作るつもりだが……。

「とりあえず、こないだ試したあれを作ってみるか」

俺は食材を用意すると早速調理をはじめた。

とはいえ、大して時間がかかるわけでもないので、用意した食材を混ぜてから、オーブンで加熱するだけで済む。

まあ、あとは粗熱《あらねつ》をとってから盛り付けて完成。

ほとんど説明する必要はない。

強《し》いて言えば食材にもっといいものがあればいいのだが、これぱかりは仕方ない。

今、用意できる最高の食材で試行錯誤《しこうさくご》するしかない。

お菓子を作る渋いオッサン（しかも公爵）はかなりシュールかもしれないが、二人の愛しい人のためならどんなことでもできる覚悟がある俺からすれば些細な問題だ。

最近では、厨房への出入りが多くなり、屋敷の料理人達ともすっかり仲良くなってしまったが、特に不都合などはなし、現場を見られるので中々悪くない。

それにまあ、二人が少しでも美味しいと笑ってくれるなら頑張れる。

「おや。帰ってきて早速料理ですか？」

「ジークか」

そうして、二人のことを考えながら調理を終えて一息ついていると、執事のジークが厨房に顔を出した。

最初の頃はここに俺がいることに対して大層驚いていたジークだったが、すっかり慣れたのか最近は少し物足りない反応になってきてしまった。

まあ、別にオッサンの反応を見て楽しむ趣味はないのだが。

やはり、意図してないサプライズは人を驚かすにはもってこいだから、ついつい少年心が反応してしまうのは仕方ないだろう。

「カリス様にお話があって来たのですが……今大丈夫ですか？」

「ああ。あとは盛り付けだけだが……どうかしたのか？」

「ええ、実はですね……第二王女のセレナ様から、お茶会の招待状がお嬢様宛に、先程届きました」

「セレナ様から？」

「はい。こちらです」

そう言って渡されたのは間違いなく王家公認の印が押された質のいい招待状。

そこにはローリエ宛にお茶会への参加を促《うなが》す内容が書かれていた。

にしても早いな。

速達というか、パーティーが終わってすぐに馬を出したのだろうか？

まるで事前に準備していたような手際の良さだけど……考えすぎかな？

それにしても、ふむ……。

「どうなされますか？」

「とりあえず、ローリエには私から話をしておこう」

とはいえ、流石に第二王女からの直々《じきじき》の招待を断る選択肢はほとんどないのだが、ローリエがどうしても嫌なら俺の力の限りを尽くして断る所存ではあった。

娘と妻のためなら俺はなんでもできるからね！

❄

「二人ともお待たせ」

できたお菓子を持って二人の側にいくと、二人は立ち上がって俺を出迎えてくれた。

「おとうさま、できたの？」

「すみません旦那様。いつもお手間をとらせて……」

愛くるしく首を傾げるローリエと、申し訳なさそうなサーシャ。

俺はサーシャの頭に手を置くと、優しく撫でて言った。

「謝ることはなにもないよ。私が好きで二人のためにやったことだからね」

「ですが……」

「でもそうだね……もし、私の言うことを信じられないなら……今夜は寝かさないことになるかもしれないよ？」

そう言うとサーシャは顔を赤くして黙ってしまった。

きっと、最近のあれやこれやを思い出して赤面しているのだろう。

そんな風に申し訳なさそうだったサーシャの気持ちを薄くさせてから俺は二人に言った。

「じゃあ、少し遅いが……お茶にしようか」

「はい！」

「は、はぃ……」

元気なローリエと、赤い顔を隠すようにうつむきがちに返事をするサーシャ。

とりあえず今夜はサーシャを目一杯愛でようと密かに思いつつ、俺はできたばかりのお菓子を机の上に置いた。

「おとうさま、これはなに？」

「チーズケーキタルト……まあ、ケーキだね」

そう……本日、俺がチャレンジしたのはチーズケーキタルト。

前世の知識で、簡単にできるレシピを知っていたので、材料を工夫してアレンジを加えて作ったのがこれだ。

本来ならもっと滑《なめ》らかなチーズがいいのだが……生憎《あいにく》とあまり上質なものはないので、

多少アレンジを加えたもので作った。

「ちーずけーきたると……ちーずっておかしになるの？」

不思議そうな表情を浮かべるローリエ。

まあ、この世界ではあまりチーズを使ったお菓子は知られてないからこの反応も無理はない。

不思議そうにしているローリエとサーシャに取り分けてから、俺も自分の分を少なめに取って席についた。

俺だけ食べないのは二人が気まずいようだったので自然とそうなったが、もっぱら俺は自分で食べるよりも、二人が美味しそうに食べる姿を眺めることに夢中になる。

「まあ、食べてみてよ」

「うん！」

「あ、ありがとうございます……」

まだ顔が赤いサーシャも多少回復したようでケーキを食べて——花が咲いたような笑みを浮かべた。

「美味しい……」

「すごくおいしい！」

「そうか……よかったよ」

その反応に一安心。

俺も一口食べて確認するが……うん、不味《まず》くはない。

けど、まだまだ上を目指せるなと、若干職人気質《かたぎ》な感想を抱きつつも微笑んで言った。

「やっぱり二人のために作ると美味しくできるね」

「そうなの？」

不思議そうに首を傾げるローリエに俺は一瞬サーシャに視線を向けてからウィンクつきで言った。

「もちろん。愛しい妻と娘のためだからね」

「……!?」

「おかあさま？　おかおあかいけど、だいじょうぶ？」

「だ、大丈夫よ。ありがとうローリエ……」

先程の言葉と今の言葉でクリティカルに入ったのだろう。

サーシャは俺に一瞬視線を向けてから恥ずかしそうに逸《そ》らした。

うーん、やっぱりサーシャには笑顔が似合うけど、こういう少し恥ずかしそうにしてる姿も悪くないね。

むしろいい！

俺にはSの才能はないと思っていたが、サーシャを見てると何でもいける気がしてくから不思議だ。

　そんな感じに和やかに時間が過ぎていく。

　俺はふと、先程ジークから渡された招待状の存在を思い出したのでローリエに尋ねた。

「ローリエ。実は、セレナ様からお前宛にお茶会の招待状が届いているのだが……どうする？」

「せれなさまから？」

「本日お会いしたのですよね？　ローリエ、あなたそんなにセレナ様と親しくなったの？」

　驚いたような表情を浮かべるサーシャ。

　まあ、俺もセレナ様からこんなに早くローリエにアプローチがあるとは思わず驚いているが、そんなことは口にはせずに言った。

「お前が嫌なら無理強いはしないが……どうする？」

「……いきます。わたしもせれなさまと、おはなししてみたいです」

「そうか、なら決まりだな」

　ローリエがこう言うなら特に断ることもないだろう。

　俺は頷いてからローリエの頭を撫でて言った。

「とりあえず行くなら楽しんでおいで」

「うん！　あのね、おとうさま。おとうさまのおかしを、せれなさまにもっていってもいい？」

「構わないが……どうしてだい？」

そう聞くとローリエは笑顔で言った。

「おとうさまのおかしは、しあわせなあじがするから、いろんなひとにたべてもらいたいの！」

……て、天使だ！　天使がおられるぞー
何この可愛い生き物……うちの娘ですが何か？（ドヤぁ）

自問自答が自慢になるくらいにピュアな愛娘のローリエ。

俺はその愛らしさに今にも動いてしまいそうな体を抑えるのに必死であった。

そんな内心は隠しつつ、俺は笑顔をなんとか保って言った。

「まあ、持って行くならなるべく美味しいものは作るけど……ただ、セレナ様に無理に食べてもらうことはないから。断られたら持って帰っておいで」

「だいじょうぶ！　おとうさまのおかしはとってもおいしいもん！」

「……そうね。旦那様のお菓子は凄く美味しいからセレナ様も喜ばれるはずね」

母親らしい母性的な笑みを浮かべるサーシャと元気なローリエ。

うちの嫁と娘はやはり可愛すぎるという結論では足りないな……そうか、きっと二人は可愛いを司《つかさど》る妖精さんなのだろう。

あ、でもそうなると俺が仲間はずれになるし、サーシャは妻、ローリエは娘がいいので仕方ないか。

そんなアホなことを考える、愛妻家と親バカな俺。

無論《むろん》、そんな思考は口にせず、俺は実に穏やかに二人に微笑むのであった。


「おや？」

休憩時間に娘の顔でも見に行こうかと部屋に向かっていると、中庭に愛する妻サーシャと、愛する娘のローリエがいるのが見えた。

「こうですか？」

「そうそう、上手ですね」

何をしているのか見守っていると、どうやらお茶の淹れ方を習っているようだった。

相変わらず美しい所作でローリエを導《みちび》くサーシャだけど、その顔には母性が感じられて、凄くキュートだった。

お母さんモードのサーシャもやはりいい。

「おかあさま、どう？」

「ええ、美味しいわ。これなら旦那様に出してもいいでしょう」

「ほんとに？」

「ええ、頑張ったわね」

優しくローリエの頭を撫でるサーシャと撫でられて嬉しそうなローリエ。

尊い光景がそこにはあった。

「えへへ……おとうさま、よろこんでくれるかな」

……もしかして、俺の為にローリエはサーシャに教えを乞《こ》うたのかな？

嬉しいけど、だとしたらあまり長居して見ているのがバレるのはまずいか。

立ち去ろうと、二人の尊い光景を目に焼き付けていると、ふとサーシャと視線があう。

サーシャは見られていたのと、俺が二人の可愛い企《くわだ》てをすべて理解していることに一瞬で気がついたようであった。

なるほど、これが以心伝心か。

そんなことを思っていると、少しだけ苦笑しながら、サーシャはローリエに見えないように頷く。

えらく可愛い仕草に、軽くウィンクで返すと、照れたように視線をそらすサーシャ。

可愛い反応にさらに色々とイタズラをしたいけど、俺はこのローリエの秘密特訓を見ていないことにするために断腸《だんちょう》の思いでその場を離れる。

それにしても、本当にサーシャは優しいよね。

ローリエのためにちゃんと配慮《はいりょ》するし、そういうところも最高です。

後日、ローリエがお茶を淹れてくれたので、俺はそれを忘れないように記憶に刻み付けて味わうのであった。

母娘揃って天使ですねぇ。

第三章　フラグクラッシャー、転生カリス

「おとうさま。いっしょにきてくれてありがとうございます！」

「途中までは一緒にいるが……本当にそのあとは一人でも大丈夫かい？」

馬車の中で俺はローリエにそう聞くと、ローリエが元気に言った。

「うん！　おとうさまがつくってくれたおかしもあるからだいじょうぶ！」

「そうか……帰りは一緒に帰れると思うから、楽しんでおいで」

「うん！」

天使のような娘に俺は笑みを浮かべるが、なんというか、子供というのは成長が早いと常々思うようになった。

ついこないだまで無理にしか笑えなかったローリエがこんなに自然に笑みを浮かべられるようになったことは素直に嬉しいが……娘の成長は親離れにも繋《つな》がると思うから嬉しい半面少し寂しくも感じる。

まあ、こうして皆大人になっていくのだろう。

しかし、男親としてはこれで好きな相手ができて嫁に行くとなったらマジで胸にくるものがあるな。

結婚式はマジ泣きするだろうね。

そんなことを考えていると、あっという間に城についてしまった。

俺はローリエを送るついでに城にも用事があったので、ローリエがお茶会をしている間に済ますことにした。

本心では付いて行きたいが、流石《さすが》に自重して娘を信じることにする。

「じゃあ、気をつけて行っておいで」

「うん！　おとうさまもおしごとがんばってください！」

娘のこの言葉がなければ、俺はきっとローリエの手をずっと握っていたであろう。

それくらい少し心配にもなったのだ。

信じてないわけではないが、どうしても過剰《かじょう》に構いたくなる。

過保護かもしれないが、今まででまるでなかったはずの愛情を補《おぎな》うには十分だろう。

繰り返しになるが、娘を信頼してないわけでは決してない。

しかし、ローリエは無理をしていても平然と笑みを浮かべる子なのはわかっているので、常に気を付けることは大事だろう。

そうして、ローリエは俺が作ったお菓子を持ってお茶会に行ったのだった。

「さて……こちらも用事を済ませるか」

その背中を見送ってから、俺は王城での用事を済ませるために目的地へと向かった。

❋

「はぁ……終わった……」

思いの外早く用事は終わった。

にしても……貴族っていうのはどうしてこう面倒なことが多いのか。

仕事だからと割りきってもなかなか面倒になってしまう。

まあ、俺がカリスさんである以上、そこは諦めるしかないのだろう。

家族の幸せのために頑張ります。

「しかしどうするか……」

想定していたよりも用事が早く終わってしまった。

それ自体はとてもいいことなのだが、ローリエはまだゆっくりとお茶をしているだろうから邪魔しては悪いしなぁ。

とりあえず庭園でも見てこようかな。

そんなことを考えて俺はゆったりと城の反対側にある小さい庭園に足を運んでいた。

中庭の豪華《ごうか》な庭園とは異なり、わりと地味なこちらはあまり使用されることはないはずなのだが……丁寧に手入れをしてあるので暇潰《ひまつぶ》しには丁度良かった。

「うん？」

庭園を眺《なが》めて歩いていると、何やら花壇の隅に人影が見えた。

そっと近づくと——そこにはひざを抱えて俯《うつむ》いている子供がいた。

金髪の男の子……だろうか？

ローリエと同い年か少し年上くらいに見える子供だ。

こんなところに庶民の子供がいるわけもないだろうし、多分貴族の子供だろう。

なんとなく放っておけなくて俺は声をかけていた。

「そんなところにいると服が汚れてしまいますよ？」

そう声をかけると子供はビクリと俺の言葉に体を震わせてから顔をあげた。

整った顔立ちのその子は目に涙をためていた。

なんだかどこかで見覚えがあるような……気のせいか？

その子は明らかに何かあった雰囲気で、俺を見てからまた俯いてポツリと言った。

「……いいよ。どうせ僕なんていなくてもいいんだし……お父様には僕以外にも優秀な子供がいるんだもん……」

「うーん……何があったかは存じませんが……お父様にとって君は君だけじゃないでしょ

うか？」

「……どういうこと？」

俺の言葉に顔をあげるその子。

俺は屈《かが》んでその子に視線をあわせてからなるべく優しく言った。

「親にとって子供というのは宝物です。たとえ何人いても自分の子供なら大切な存在なんですよ」

「……でも、僕、いつも何をしてもダメで……皆、お兄様みたいにできない僕はダメだって……」

「別にお兄様みたいにできなくてもいいと思いますよ？」

「えっ……？」

俺の言葉に目を開けて驚いたような表情を浮かべるその子に俺は笑顔で言った。

「君はお兄様ではないのだから同じようにできなくても当たり前なんですよ。君はあくまで君……なら、君にしかできないことを見つけるべきですよ」

「僕にしかできないこと……」

「それが何かは君にしかわからない……でも、これから沢山のことを学んで、沢山の経験をして見つければいいんです」

「……僕にできるかな？」

不安そうな表情のその子の頭を優しく撫《な》でて俺は笑顔で言った。

「大丈夫ですよ。君には凄《すご》いお兄様がいるのでしょう？　なら、お兄様と同じくらい凄いことができるようになりますよ」

そう言うとその子は少しだけ表情を明るくしてから立ち上がって頷《うなず》いた。

「僕……頑張ってみます！　ありがとうございました！」

「ええ、頑張って下さい。では、私はそろそろ行きますね」

そう言ってから立ち去ろうとする。

すると、その子が「あ、あの！」と後ろから声をかけてきた。

その声に振り返ると、その子は何やらもじもじしてから言った。

「お、お名前を聞いてもいいですか？」

「私ですか？　……カリスといいます」

なんと言うべきか悩んだが、家名で名乗るのはなんとなく気まずいので俺は名前だけを言ってからその場を後にした。

後ろからその子が何やら尊敬の眼差《まなざ》しを送ってきたが、元気になったなら良かったよ。子供が泣いてるのを見て放っておくのは忍びないし、常に家族に誇れる自分でありたいから当然のことでもあった。

しかし、この時の俺は知らなかった。

この子は自分がよく知る人物の幼少期の姿であったことを。

知らずに、この子の人生に影響を与えてしまったということを。

そんなことを知るわけもない俺は、愛娘《まなむすめ》であるローリエを迎えにいくことだけを考えていたのは……まあ、仕方ないだろう。


城の反対側にある小さな庭園で子供と話してから俺はローリエがお茶会をしているであろう中庭の庭園を目指していた。

天気もいい本日は外で楽しんでいるらしく、中庭にはセレナ王女が招いたとされる貴族の子女が何名かいた。

そんな中でも一際《ひときわ》目立つ銀髪の美少女。

ローリエも他の貴族の子女と軽く話していたようだが、俺の姿に気づいてこちらに駆けよってきてくれた。

「おとうさま！」

「おっと……」

勢いよく抱きついてきたローリエを優しく受け止めて俺はよしよしと撫でて言った。

「お茶会は終わったのかい？」

「うん！　おとうさまおしごとは？」

「私も早く終わってね。それよりも……楽しかったかい？」

「はい！　すごくたのしかったです！」

俺の質問に元気よく返事をするローリエ。

うん、よかった。

楽しめたなら何よりだ。

そんな親子のやり取りをしていると、何やら近づいてくる気配がして、俺はそちらを見てから頭を下げた。

「セレナ様。本日は娘を招待していただきありがとうございます」

そこにいたのは今回ローリエを呼んだ本人である第二王女のセレナ様だった。

セレナ様は俺がローリエを抱き締めているのを面白そうに見つめてから言った。

「ごきげんよう、フォール公爵。私こそ、本日はローリエさんと楽しい一時《ひととき》を過ごせましたわ」

……本当に八歳児なのだろうかと疑うレベルの優雅《ゆうが》さを持っているセレナ様に、俺はなんとなく違和感を覚えつつも、それに安堵したように言った。

「そうでしたか。でしたら幸いです」

「あ、それと……フォール公爵が作ったというお菓子も大変美味《おい》しくいただきましたわ。あれは本当にフォール公爵がお作りになったのですか？」

「そうですが……どうかなさいましたか？」

そう聞くとセレナ様は何やら納得したように頷いてから笑顔で言った。

「お世辞ではなく本当に美味しかったので。もしよければまた作っていただいてもよろしいでしょうか？」

「はい、いつでも」

「では来週、フォール公爵家にお邪魔するので、その時にまた食べさせてもらいたいですわ」

……社交辞令が社交辞令じゃなかった件について。

なんてことを思いつつ、俺はそれにノーとはいえずに苦笑気味に言った。

「お待ちしております」

「はい。では……ローリエさんもまた来週お会いしましょう」

「はい！　ほんじつはありがとうございました。せれなさま」

丁寧に淑女《しゅくじょ》の礼ができる娘を俺は微笑《ほほえ》ましく見守っていると、セレナ様は思い出したようにこちらに近づいてくる。

そして、俺にだけ聞こえるような小声で言った。

「来週は詳しくお話を聞きたいのでお時間を下さい。フォール公爵……いえ、その記憶を持つ異世界人さん」

そう言ってから離れていくセレナ様。

……今の発言はなんだ？

もしかしなくても俺の正体に気づいているのか？

「おとうさま。だいじょうぶ？」

俺が戸惑っていると、ローリエが心配そうにこちらに首を傾《かし》げていた。

いかんいかん、娘に心配かけるなんて、父親失格だ。

しゃっきりしよう！

「大丈夫だよ。ところでローリエ。セレナ様とは仲良くなれたかい？」

「はい！　いろんなおはなしができました」

「そうか……ならよかったよ」

先ほどの言葉が気にはなるが、そんなことよりもローリエが楽しめたことの方が重要なので俺はその疑問を頭の片隅《かたすみ》に置いてから笑顔で聞いた。

「来週、我が家に来るらしいが……どんな話をしたんだい？」

「うん？　えっと……おとうさまとおかあさまがなかよしなこととか、おかしのことをきかれました」

……そうか、そんな話をしたんだな。

ローリエ視点からの俺とサーシャの関係を聞いてはみたいが、少しだけ怖くもある。

まあ、それはそのうちだな。

とにかくローリエはセレナ様と仲良くなれそうで良かったよ。

「なるほど。じゃあ、来週の訪問の時にはもう少し凝《こ》ったお菓子を作ってみるよ」

「ほんとに？　やったー！」

嬉しそうに微笑むローリエ。

うん、セレナ様のことは気になるけど、この娘の笑みが見られるならよしとしよう。

そんなことを考えて俺とローリエは帰宅したのだった。

「セレナ様が我が家に？」

驚いたような表情をするサーシャ。

ここ最近サーシャの色んな表情を見ることができるようになったが、やはりどんな表情でも可愛《かわい》いのは違いない。

もちろん、笑顔が一番似合うが、照れたような表情などはなかなか理性に響く破壊力があるので、サーシャさんってば、俺をどんどんと虜《とりこ》にしていく。

やはりサーシャの魅力《みりょく》というのはまだまだ底が見えない。

流石は俺の嫁というべきか、どこまでも俺をたらしこむサーシャさんの天然小悪魔感がヤバすぎる。

きっと、俺は死ぬまでサーシャに一億回以上は惚《ほ》れ直《なお》すと確信できた。

と、それよりも……。

「ローリエが思いの外、セレナ様と親しくなったようでね」

「そうですか……ローリエが……」

なんとなく誇らしげな表情のサーシャ。

愛娘の功績に鼻が高いのは俺も同じなので思わず表情を緩《ゆる》くして言った。

「まあ、ローリエは君に似て本当に優しい子だからね。当然といえば当然なんだけどね」

「私は……あの子ほど清らかな心を持ってはいませんよ」

「そんなことはないよ。君は私が知る限りで一番清らかな心を持っているよ」

そう言うとサーシャは少しだけ悲しげな表情を浮かべて首を横に振って言った。

「清らかではないです。私は、自分のことばかり……旦那様に少しでいいから私を、見て欲しいという我《わ》が儘《まま》のためだけに必死になってしまいました」

どこか、懺悔《ざんげ》でもするようにそんなことを言うサーシャ。

しかし、悪いのはサーシャではない。

サーシャは、カリスさんのために公爵夫人として精一杯頑張ってくれていた。

その忙しさで、ローリエの様子に気がつくのは難しかっただろう。

一番の原因は俺……というか、カリスさんだ。

なのに、そうして背負い込むのだから……本当にサーシャは優しいのだろう。

「私は、自分のことでいっぱいいっぱいで、あの子のことに気づいてあげることができませんでした。そんな私を許してくれたあの子の方が清らかな心を持っていると思います」

「……それは私にも責任がある。君のことも、ローリエのこともなおざりにした私が一番悪い。だからあまり気に病《や》まないでくれ」

俺の本心としては、カリスさんのことをボロクソに貶《けな》したい気持ちもあるが、それをしても二人は喜ばないだろう。

事実であっても、ここはオブラートに。

俺はサーシャに近づくとそっと頬《ほお》を撫でて言った。

「こんなに可愛い嫁と娘を放置していた私が悪いんだ。だから……これからは二人に今までの倍は愛情を注ぐと誓うよ」

「ば、倍……はぅぅ……」

思わぬ宣言だったのか、その言葉に顔を赤くしてそれを隠すように俯くサーシャ。

非常に可愛すぎるその仕草に緩みそうになる表情をキリリと引き締めてイケメン度を上げて俺は言った。

「もちろん、一人の男としても、夫としても君を愛すると誓うよ。サーシャ。君は私の最愛の妻なんだからね」

「わ、私も……旦那様のことを……その、ずっと前からお慕いしております……」

「うん。知ってるよ。だから……」

俺はそっとサーシャの手を取ると、床に片膝をつき、騎士が主《あるじ》に忠誠を誓うようにそっと左手に口づけをして言った。

「愛してるよ。私のお姫様」

「……!?」

いきなりの行為に顔を真っ赤にして反応するサーシャ。

表面上は何てことないようにしている俺だが、流石に今回のこれは、自分でやったことだが、キザったらしくて少しだけ照れくさくなってしまう。

とはいえ、このサーシャの表情を拝めたのだからよしとしよう。

それにしても……サーシャの反応が可愛すぎて、このまま永遠に愛《め》でられそうだ。

というよりも、サーシャの全てが愛《いと》おしすぎてやばい。

サーシャのこの照れたような表情と潤《うる》んだ瞳《ひとみ》をみると、どうにもキスだけではなく、他にも色々とイタズラをしたくなってしまう。

「だ、旦那様ぁ……」

……堪《こら》えろ、堪えるんだ俺!

今ここでサーシャを押し倒してもいいがこの可愛い顔をもう少し堪能《たんのう》したい。

それに、あんまりサーシャに要求しすぎて嫌われるのは嫌だからなんとか堪えろ。

もちろんサーシャが嫌がることはしないが、涙目で『恥ずかしいけど嫌じゃない！』みたいな展開なら間違いなく理性が綺麗《きれい》に吹き飛ぶだろう。

というか……サーシャさん？

あなた俺を萌え殺すすべを持ちすぎじゃあ、ありませんか。

そんなことは表情には出さずに俺とサーシャは穏やかに時間を過ごした。

嫁は日々可愛さをレベルアップしている……。

＊

「旦那様、どうですか？」

「ああ、想像以上に頑張っているね」

フォール公爵家は貴族の中でも名門中の名門。

故《ゆえ》に、屋敷は広く、ダンスをするための専用の部屋も用意されており、俺とサーシャはそこに来ていた。

「そうです、お嬢様。その動きをお忘れなく」

室内では、あの教育係の一件からきちんとした、ダンスの講師がローリエにダンスを教えていた。

とはいえ、まだ幼く、体もできていないローリエは無茶なことはせず、曲調を覚えたり、リズムを取るのを優先しているようだ。

公爵令嬢ともなると、これから先、舞踏会《ぶとうかい》にも沢山出ることになるだろうし、こうして幼いうちからダンスに慣れ親しむのは必要なことであった。

「あ！　おとうさま！　おかあさま！」

タイミング良く休憩になり、一息ついてから嬉しそうに駆け寄ってくるローリエ。

そんなローリエをサーシャが抱きとめる。

「頑張っていますね、ローリエ」

「うん！」

優しくローリエを撫でるサーシャが実に母性的で美しい。

「えへへ、おとうさま！」

存分にサーシャに甘えてから、俺に勢いよく飛びついてくるローリエ。

それを抱きとめてから存分に愛でると、俺はダンスの講師に視線を向ける。

「エフェトス、ローリエはどうだ？」

「真面目で、飲み込みも早く、素晴らしい才能をお持ちかと」

「それは良かった」

辛口で有名な講師らしいのだが、うちの娘に対する評価は悪くなかった。

「ただ、できれば早いうちに本物を見て頂きたいですな」

「ダンスをか？」

「ええ、経験上それが後々役に立つかと」

「そうか……」

そうなれば、どこかの舞踏会に一度連れていって……いや、もっといい方法があったな。

「なら、私とサーシャで見本をみせよう」

「なるほど、それは良いですね」

カリスさんにダンスなんてできるのかという疑問を抱く人もいるだろうが、これでもカリスさんは名門公爵家の現当主だ。

しかも無駄に覚えも良いので、多少のブランクは気にならないし、サーシャに関しても一度だけ新婚当時に夫婦で出た、国王陛下主催の夜会で見事にカリスさんの相手役を務めたようなので問題ないだろう。

まあ、その時のカリスさんは『早く終われ』と面倒がってたけど……俺からしたら、サーシャと踊れるとかお金払ってでもその権利を勝ち得たいほどであるのは言うまでもあるまい。

「サーシャ」

「はい？」

キョトンとするサーシャ。

そんな彼女に俺は少しカッコつけて言った。

「私と一曲、踊って頂きたい」

「はい……」

いきなりの誘いと俺の渾身《こんしん》のイケボと笑顔に見惚《みと》れたように赤くなってから、ゆっくりとサーシャは俺の手を取った。

その横で、ローリエに俺達が見本を見せると告《つ》げているダンス講師はなかなかやりおるわね。

曲が流れて、二人で踊りだす。

久しぶりなのに、聞いただけで体が自然と動くのはある種の洗脳にすら感じるけど、カリスさんクオリティでとりあえず納得して俺は目の前のパートナーに集中する。

戸惑いつつも、趣旨《しゅし》を理解してるらしいサーシャは、俺に身を任せ、時に支えるように合わせる。

知ってはいたのだけど……サーシャは本当に上手だ。

相手に合わせて、その魅力を引き出すようにそっと寄り添うような踊り方。

それには『献身』とか『健気《けなげ》』という表現が凄く似合う。

「こうして踊ったのはあの時以来になるか」

「覚えていてくれたのですか……？」

「当たり前だろう？」

驚くサーシャに微笑むけど、結婚した頃に一度しか踊ってないとか勿体《もったい》ないし、サーシャが可哀想《かわいそう》すぎる。

カリスさんサイドの事情を知ってても、擁護《ようご》できないレベルであった。

まあ、だからこそその溝は埋めるけどね。

「あの時のサーシャはとても素敵だった。無論今はもっと素敵だけどね」

「そ、そんなことは……あう……」

照れつつもステップを間違えないとか凄すぎる。

「で、でも……旦那様もあまりダンスはしませんが、あの時も、今みたいに綺麗に踊ってました」

「よく覚えているね」

「旦那様のことなら私は忘れません」

「そうか、奇遇だね。私もサーシャのことは全て覚えてるよ」

「ふふ」

思わずくすりと笑いあってしまう。

「あの頃も、本当は君に見惚れていたんだよ。ただ、私は愚《おろ》かだったからね……」

「旦那様……。あの、私にはあの頃の旦那様のお心は察せませんが……こうして、振り向いてくれたことが、私と……ローリエには何よりの宝物ですから」

そう言って健気に微笑むサーシャ。

「なら、私の宝物はサーシャとローリエだね」

「嬉しいです……」

「だから……」

俺は、ダンスの動きの中でそっとサーシャを抱き寄せると、耳元で囁《ささや》くように言った。

「これからもよろしく——私のプリンセス」

「はぅぁ……」

曲が終わり、サーシャと最後をキッチリと決めるけど、サーシャは照れてしまっていて、それがまた可愛かった。

「おとうさまもおかあさまもすごい！」

見本のダンスが終わったので、ローリエが嬉しそうに駆け寄ってくる。

「そうだろう、ローリエもすぐにお母様のように上手に踊れるさ、ねえ？」

「そ、そうですね。頑張ってください、ローリエ」

「はい！」

そうして、夫婦のラブラブ具合が高まりつつ、ローリエに見本も見せられて一石二鳥なダンスレッスンでありました。

今度は、他の舞踏会で夫婦の絆《きずな》を示してもいいけど……自分だけで独占もしたいのでその辺は今後検討しよう。

何にしても、俺とサーシャはもっとラブラブになってみせる！

そんな密かな決意を胸に抱きながら二人を愛でるのであった。

❄

「お久しぶりですわ。フォール公爵」

ニッコリと微笑んでいるのはこの国の第二王女のセレナ様だ。

流石王族というか気品のある彼女だが、俺はまずこの状況が分からずになるべく笑顔を浮かべて聞いた。

「お久しぶりです。セレナ様。本日はローリエとお茶の約束をしていると聞いていますが……何故《なぜ》、こちらに？」

「まあ、殿方にお会いする淑女に問う質問にしては無粋《ぶすい》ではございませんか？」

「……淑女でしたら、相手の承諾《しょうだく》もなく自室に入り込んで来ないと思いますが？」

そう、現在俺がいるのは仕事用の執務室だ。

公爵家の機密などがある大事な場所なので、普段俺はここに人を通すことなどない。

どうやったのか表の警備を抜けて入ってきた彼女に俺は無礼にならない範囲で抗議した。

そんな俺の抗議にクスリと笑ってから彼女は言った。

「つれないですわね……まあ、いいですわ。用件は簡単です。あなたはこの世界とは別の世界の記憶を持っていますね？」

「……そう問われる以上は確信があるのでしょう？」

「一応の確認ですわ。あなたがここ最近になって……倒れて頭を打ってから家族との仲が良好になったと聞けば誰だって不審に思います」

まあ、そうだろうな。

ビフォーアフターしすぎだと俺でも思う。

「そう言うあなたも前世の知識をお持ちのようで」

「ふふ……話の早い殿方は好きですよ。奥さんがいなければ私が夫として迎えたいくらいには」

「ははは、ご冗談を」

「ええ、冗談ですよ。でもそれくらいには気に入りました」

「まあ、たとえそうでも私にはサーシャだけですので」

冗談なのは分かっていてもそこだけは譲れない。

サーシャ以外に嫁を迎えるなんてことはしたくない。

というか、サーシャが嫉妬《しっと》している姿を若干見たいような気もするが、そもそも、前提として俺はサーシャ以外の女性を女性として愛することができないだろう。

それくらいサーシャは魅力的なのだ。

流石は俺の嫁！

そうして一人でヒートアップしそうになるが、何とか抑えて俺は問いかける。

「それで？　そんな確認のためだけにここに忍び込んだわけではないのでしょう？」

「ええ。まあ、とはいえ確認したかったのですわ。悪役令嬢の父親が前世の知識持ち……前例がなさすぎて興味深いから冷やかしにきたというのも理由としてはなくはないでしょう？」

「やはりあなたも乙女ゲームのシナリオを知っているのですか……」

王女様は今、俺のことを『悪役令嬢の父親』と呼んだ。

そして、彼女にも前世の知識があることを踏まえると――そういう結論になるのは必然だった。

そんな俺の答えに彼女は納得したように頷いて言った。

「もしかしたらとは思いましたが……あなたも知っているのですね。男性はその手のゲームはやらないと思っていましたが……もしかして、前世は女性ですか？」

「残念ながら男ですよ。乙女ゲームを知っていたのは何故か知りませんが……」

「ふふ、まあ、深くは聞きませんよ。深読みはさせて貰いますが」

「できればそれもご遠慮《えんりよ》願います」

一体、彼女の中で何をイメージされているのか。

思考は自由でも宣言されると気になるもの。

半眼で返すと、彼女はクスリと笑ってから言った。

「まあ、冗談はおいておいて……なるほど。あなたも知ってるとなると、ローリエさんのあの性格も納得しました。本来は幼少から高飛車《たかびしや》な性格だったと記憶してますので」

……おそらく、ローリエがあの礼儀作法のババアに痛めつけられて、尚且《なおか》つ不仲な両親のもとで育ったならそうなっていたかもしれないな。

あと少しでも俺の転生が遅かったら、多分そうなっていただろう。

そう思うとゾッとする。

高飛車なのは、虚勢《きよせい》の裏返し……きっと、心をすり減らして自己の防衛のために身に付いたものなのだろう。

そう考えると、ゲームのローリエがますます可哀想になるが、今のところローリエは天使なままなので俺の選択は間違いではないだろう。

「お茶会の時のお菓子も本来この世界では見られないものでしたし……ローリエさんに聞いた限りでは、あなたは別人のように格好がよくなったと仰《おつしや》っていました」

ローリエ……そんなことを思ってくれていたのか。

正直、少し不安もなくはなかったのでパパは嬉しいよ。

後で存分に甘えさせよう。

まあ、そんな感傷はさておき。

「それで？　あなたはその確認をしに私の元に来たのですか？」

「ええ。まあ、あなたが娘さんと奥さんにベタ惚れなのはなんとなくわかったのでいいのですが……それと共にお礼を言いに来ました」

「お礼とは？」

全く心当たりがないことに首を傾げると彼女は呆《あき》れたように言った。

「もしかしてお気づきではなかったのですか？」

「気づくも何も……私にはどの件かすら見当がつきませんが……」

「弟の件です」

弟？

姫様の弟となると、王子様だよな。

それが一体……？

「あなたが先週、花壇で話していた男の子ですわ」

「花壇……あの金髪の子ですか？」

「ええ。私の弟で、乙女ゲームではメインの攻略対象の第二王子のセリューですわ」

「今なんと……？」

セレナ様の言葉に俺は思わずもう一度尋《たず》ねていた。

あの花壇にいた金髪の少年がこの姫様の弟で、乙女ゲームのメインの攻略対象？

マジで？

確かにどこかで見たことがある容姿だと思っていたが……。

「弟があなたにお礼を言いたいと言っていたのを聞いて驚きましたわ。もしかして攻略対象と分かって優しく接したのかと思いましたが……完全なお節介だったのですね」

「王子の顔を今一つ覚えてませんでしたので。確かに城にいるから貴族の子供ではあるだろうとは思いましたが……にしても、何故お礼を？」

特に何かした覚えもないのでそう聞くとセレナ様はどこか優しい表情で言った。

「あなたに貰った言葉のお陰で自分にできることが見つけられたと言ってましたわ。弟はずっと、優秀な兄である第一王子と比べられて育ってきましたから。にしても、あなたは本当に意図せずにあの子を慰《なぐさ》めたのですか？」

「いやぁ、まあ、悩める若人《わこうど》を導くのが先人の役目ですから」

「一体あなたは何歳なのよ……」

クスリと笑いながらそう言った彼女。

にしても、あれが攻略対象の王子だったとは……いや、なんとなく成長した立ち絵を知ってはいるけど、マジで気づきませんでしたよ。

「まあ、私としては大人として当然のことをしたまでなのでお礼は不要ですよ。子供を見守って導くのが私達大人ですからね」

「ふふ。ますます、私好みです。どうです？　奥さんと別れて私の夫になるというのは？」

「はは、冗談でも無理ですな。私は妻一筋ですので」

「あらそう……残念ですわ」

ちっとも残念そうではない表情のセレナ様。

まあ、本気ではないのは明白だが少し苦手なタイプかもしれない。

この雰囲気から察するにこの子もなかなか前世で年齢を重ねたのだろう。

「用件が以上なら早めに娘の元に戻った方がいいですよ。ローリエに心配をかけるのは、あなたとしても心苦しいでしょう？」

「そうですね。他にも話がないわけではありませんが、では、最後に一つだけ聞いてもいいですか？」

「どうぞ」

「あなたは……乙女ゲームのシナリオを知っても、娘を……悪役令嬢を守りますか？」

そう問いかけるセレナ様の目は真剣だったが、俺はそんな当たり前の質問にクスリと笑ってから言った。

「娘の幸せを願わない父親がいると思いますか？」

「場合によってはいるでしょう？」

「まあ、否定はしません」

転生前のカリスさんはどちらかというと興味がない感じだが、世の中には様々な親がいる。

育った環境、本人の気質……人間はそれらによって変化してしまう。

とはいえ、俺の場合は答えは変わらない。

「少なくとも私は一人の父親として娘の破滅を願うことはしません。娘が心から好きな人と一緒になって、笑顔で幸せだと言えるようにする……まあ、家族を愛するのに理由はいりませんからね」

そう言うとセレナ様は満足げに微笑んだ。

「なるほど……わかりましたわ。では、また詳しくお話をできる機会を楽しみにして本日は失礼させていただきます」

「ええ。娘とは今後も仲良くしてくださると幸いです」

「ふふふ、ええ。ローリエさんは優しくて可愛いので、もちろんですわ。あ、そうそう……今度、私の家族のためにお菓子を作ってくれませんか？」

「構いませんが……あなたも前世の知識があるなら多少は作れるのでは？」

そう聞くとセレナ様は首を振って言った。

「残念ながら、その手のことは不得手でして。裁縫《さいほう》などでは知識チートを使えても料理となると全くなのです。今度奥さんとローリエさんのために服を作ることと交換条件でどうでしょう？」

「……まあ、構いませんが。この世界で作れるものは限られるのであまり期待はしないでくださいね」

「前のお茶会レベルのお菓子を作れるだけでも十分ですわ。ではお願いしますね」

そう言ってからセレナ様は今度こそ部屋を出ていった。

なんだか奇妙な話になったがとりあえずは一安心かな。

服を作れるほどの腕前なら、ファッションセンスも間違いないだろうし、俺の菓子では安いくらいかもしれない。

服のセンスには正直あまり自信がないのでその手の知り合いとの繋がりは悪くない。

少なくとも前世の知識をいかせるならそこそこ期待できるだろう。

可愛い二人に似合うドレスの対価として俺のお菓子で済むなら任せよう。

王女様自身に不安がないわけではないが、少なくとも今のところは、俺の家族の障害にはならなそうなので、とりあえず放置しても問題ないだろう。

性格は絡むのが面倒で苦手かもだが、害がないなら放置で。

そんなことを思いつつ俺は仕事に戻ったのだった。

途中で、サーシャとローリエの着飾った姿を想像してニヤニヤしていたのは傍《はた》から見たら気持ち悪いことこの上ないだろうけど、それは仕方ない。

愛しい家族の着飾った姿を想像してみて、そういう微笑ましい気持ちになるのは夫として、親として当然だろう。

❋

セレナ様が前世の記憶持ちなのが判明してからもセレナ様と愛娘のローリエとの仲は良好のようだった。

何度かお茶会をしているようだが、ローリエいわく、お姉さんがいたらこんな感じなのだろうかという程に仲良しになったようだ。

まあ、親としては娘に親しい友人ができるのはいいことなので素直に微笑ましいと思うが……相手が相手なだけに完全に安心していいものかは悩みどころだろう。

「はっ……！　ふっ……！」

そんなことを考えて俺は現在剣をふっている。

何故かと問われれば……そこに剣があったからだ。

まあ、そんなとある登山家の名言のような高尚な理由は特にないのだが、体を動かしたくてそうしている。

貴族というので皆の中でイメージがあるのは文系が主だろう。

領地の管理などを主とする頭を使う頭脳系の仕事はまさに貴族らしいといえる。

または武系……剣を使う騎士など国を守るための兵力としての力仕事もイメージの候補に入るかもしれない。

実際どちらも正しいが、その辺は世界観などによって大きく違ってくるだろう。

これで魔法なんて代物《しろもの》があればますます判断に迷うところだが、この世界にはその手の力はないのでそう複雑ではない。

まあ、若干ファンタジーらしいこともあるにはあるが……今は関係ないので保留とする。

この世界での貴族というのは、文系の貴族と武系の貴族が混ざったような感じのものだと俺は理解している。

それらが半々にあるというか……例えば我がフォール公爵家は、本来文系の家柄で、その手のことに精通しているので、昔は宰相《さいしょう》の任を国王陛下から賜《たまわ》ったことがあるらしい。

逆に武系の家などは、国力として重要視されて、騎士団長などは我が家と同じ公爵家が代々受け継いでいたらしい。

さて、では、文系の家柄の俺……というか、カリスさんが何故剣をふれるのか。

まあ、そこがカリスさんのひねくれたところというか……トラウマに触れることになるので、今は深くは掘り下げないが、カリスさんは一時期この国の騎士団に在籍していたことがあるのだ。

昔取った杵柄《きねづか》というか、かつては《剣鬼《けんき》》と呼ばれるほどに騎士団では注目されていたカリスさん。

そんなカリスさんに転生した俺は当然そのカリスさんのスペックを受け継いでいるので、引退してそこそこ経《た》つが、それでもそれなりに現在でも剣をふれるのだ。

まあ、書類仕事で鈍《なま》った体をほぐすのに剣というのは丁度よかったので、単に素振りをやってるだけだが。

「ふぅ……」

何十、何百と休むことなく剣をふるが、体力の消耗《しょうもう》は思ったよりも少なかった。

これで現役の半分以下の力だというのだから驚く。

それだけで、カリスさんのスペックの高さを示しているが……渋いイケメンフェイスで、力も地位もあって、美人の嫁と娘がいるとかどんだけ恵まれているんだよと突っ込みたくなる。

まあ、とはいえ、他人から見ての幸せが自分の幸せとは限らないのだろう。

現にカリスさんにとってはそうではなかったみたいだし。

人の幸せとは難しいものだ。

そんな風に剣をふって一息つくと、パチパチという小さな拍手が聞こえてくる。

振り返ると、愛しの妻であるサーシャと、愛娘であるローリエが少し離れた場所でこちらを見物しているのが見えた。

「二人とも見ていたのかい？」

「旦那様がこちらにいるとジークから聞いたもので」

「そうか」

汗を軽く拭《ぬぐ》っていると、ローリエが俺の服の袖を引っ張ってくる。

そちらを見ると……そこには顔を輝かせた愛しい娘の姿があった。

「おとうさま、かっこいいです！」

「そうか？　ありがとう。ちなみサーシャはどうだった？」

愛娘の頭を撫でてから少し遠くにいるサーシャにそう聞く。

するると、サーシャは少し顔を赤らめてポツリと言った。

「その……素敵です……」

「そうか……本当なら二人を抱きしめたいが、生憎《あいにく》と汗をかいていてね。後でもいいかい？」

そう言うとサーシャは控えめに頷いて、ローリエは少し残念そうに言った。

「おとうさまだっこだめ？」

「ダメではないが……ローリエも汗臭いお父様は嫌だろ？」

「そんなことないよ！　おとうさまだっこ……だめ？」

俺はその言葉に勢いよく、でも優しくローリエを抱き上げて、抱きしめていた。

娘のおねだりには勝てないよ……。

なんかね、最近、ローリエを普通に甘やかす機会が増えたからか、こういう愛情表現を惜しみなくできるようになったんだよね。

そんなローリエを抱きしめて頬擦《ほおず》りしていると、俺は後ろから控えめに服の裾《すそ》を摘《つ》ままれたことに気づく。

そちらを見ると、サーシャが恥ずかしそうに、でも意を決したように言った。

「わ……私も、その……ローリエみたいに、私も……」

もじもじしながらそうおねだりする俺の嫁。

なんて健気で可愛いのだろう。

そんな愛妻に俺は悶《もだ》え死《じ》にしそうになりながらも、ローリエを片腕で男らしく抱き上げてから、空いた片腕にサーシャを抱きしめて囁いた。

「これで大丈夫かい？」

「その、もっと……強くても……大丈夫です……」

「おとうさますごい！　ちからもち！」

右手に恥じらいながらも嬉しそうに微笑む愛妻。

左手に抱き上げられて天使のように微笑む愛娘。

きっと今の俺は世界一幸せな男だろう。

そんな両手に花を満喫しつつ、たまには体を動かすこともいいと思えた午後の一時だった。

❋

貴族というのはなかなかに仕事が多い。

まあ、傍目には俺は愛妻と愛娘を慈《いつく》しむ姿しか見られていないだろうが、それも、必死に作った時間の中で有限の楽しみとして行っていることだ。

本当ならもっと二人を可愛がる時間を作りたくても、どうしても側《そば》にいられない時もある。

家で片付く仕事なら特には大丈夫なのだが、どうしても王城にて確認が必要なことがあり、俺は現在一人で王城に来ていた。

家の警備はここ最近になり、俺が選《え》りすぐった精鋭を配置しているので、いかなる害虫も公爵家には近づけないだろう。

昔はカリスさんの適当さからか、不真面目な輩《やから》や、怪しい奴がわんさかいたが……それらの不安要素は残さず切り落として、できる限りの改革は公爵家に施した。

まあ、ジークが俺のそんな姿を見て涙を流していたのを見たらかなり申し訳ない気持ちになったが……カリスさんのこれまでの行いを鑑《かんが》みるに仕方ないだろう。

「おや？　これは、フォール公爵。お久しぶりです」

宰相に用事があって、廊下を歩いていると、前方から気さくにそう声をかけられる。

視線を向けると、そこには甲冑《かっちゅう》を身に纏《まと》う、いかにも騎士らしい風貌《ふうぼう》のおっさんが。

えっと、この人は確か……。

「これは、グリーズ子爵《ししゃく》。お久しぶりです。いえ、その格好のあなたは騎士団長とお呼びするべきでしょうか？」

「フォール公爵殿が我が騎士団に戻られるならそう呼んで欲しいものですね」

「それは難しい相談だ。では、グリーズ子爵とお呼びしても？」

「……やはり戻る気はありませんか」

「私はすでに引退した身、今は公爵として国を支えるのが仕事ですから」

「残念ですが仕方ありませんね。あなたの数々の武勲《ぶくん》は知っています。もし戻ってこられるようでしたら、好待遇で高い地位をお約束しますので、是非いらしてください。お待ちしていますので」

　いかにも人のよさそうな笑みでそう言ってくるのは、この国の中枢《ちゅうすう》を担う騎士団の団長であり、貴族としての爵位では子爵家の当主にあたる人物であるグリーズ子爵だ。

　以前の騎士団長は公爵家の一柱《ひとはしら》がその任を授かっていたが、その歴戦の強者《つわもの》に認められて、現在の地位を築き上げた剣の天才……それが、グリーズ子爵なのだ。

　そんなグリーズ子爵の言葉に俺は苦笑気味に言った。

「大変嬉しい誘いですが、この老体には些《いささ》かキツイですかな。それに、私は長らく前線から身を引いている日陰の存在……今さらそんな輩がでしゃばっても騎士団としては迷惑でしょう」

「いえ、あなたの復帰には多くの団員が喜ぶと思いますよ。なにしろ、《剣鬼》と呼ばれていたほどの猛者《もさ》が我が騎士団に戻ってくるのです。若い連中にはいい刺激になるでしょうし……古くからの同士にはたいそう喜ばれるでしょう」

買いかぶり……と、自己評価ならそう言えるのだが、カリスさんを客観的に見ると、この評価は意外と的を射ていたりする。

フォール公爵家の当主としての仕事が増えたために騎士団からは身を引いたが、それでも、恐らくカリスさんの技量はその辺の騎士団のメンバーよりも遥《はる》かに上だ。

その実力は、カリスさんの体を動かしている俺が一番わかっていた。

まあ……だからと言って騎士団に入るつもりはさらさらなかったが。

だって、ただでさえ忙しい当主の仕事に騎士団の仕事が増えたら、家で二人を愛でることができなくなるじゃん！

そんな社畜のような生活は真っ平だ。

ちなみに、かつてのカリスさんは、現役の頃……まあ、所謂《いわゆる》新婚ほやほやの頃はあまり家には帰らずに騎士団と公爵家の仕事を盾に社畜同然の生活を謳歌《おうか》していたらしい。

本当に勿体ないことこの上ない。

新婚ほやほやで社畜とか俺だったら自害できるレベルの恐怖《きょうふ》だわ。

まあ、二人のために時間を割《さ》きたい俺はそんな社畜な生活を認めはしないが。

「まあ、私も妻と娘との時間を作りたいので、遠慮しておきますよ」

そう言うと、にこやかだったグリーズ子爵の表情がフリーズした。

なんだろうと思っていると、グリーズ子爵は驚きの表情を隠しきれずに言った。

「あなたがそのようなことを言うとは……噂《うわさ》は本当だったのですね」

「噂ですか？」

「ええ。フォール公爵はここ最近になり、家族との関係が大変良好……どころか、人が変わったように家族に愛着を持たれているという噂を耳にしたもので」

カリスさん……あなた他の貴族からもそんな風に思われるほど家庭を顧《かえり》みなかったのね。

なんだか涙がホロリと出そうになる。

そんなことを思っていると、俺はそこで、グリーズ子爵の後ろに小さい影があることに気づく。

誰か連れていたみたいだ。

思わず尋ねてみた。

「グリーズ子爵。そちらの後ろにいるのは……」

「ん？　ああ、これは失礼。こちらは息子のレベン・グリーズです。レベン、挨拶《あいさつ》できるな？」

そうグリーズ子爵に促《うなが》されて、グリーズ子爵の後ろから顔を出したのは五、六歳くらいに見える赤毛の男の子。

……なんか見覚えがあるような？

そんな既視感を覚えていると、その子は、ガタガタ震えながら小さい声で挨拶をした。

「れ……レベン・グリーズ……です……」

弱々しく挨拶をしてから、赤毛の少年……レベンはグリーズ子爵の足の後ろに再び隠れてしまった。

そんなレベンにグリーズ子爵はため息をついて言った。

「こらレベン。挨拶は大きい声でしなさいと何度も言っているだろうに」

「ち、父上……でも……」

「でもじゃない！　お前は我がグリーズ子爵家の長男で、いずれは騎士団の一員としてこの国を守護することになるのだ。もっとしっかりしないと」

……これは、また、組み合わせの悪い親子だな。

見るからに弱気な息子に、スパルタなのが想像できる父親。

まあ、他の家庭の事情だからあまり首を突っ込むべきではないかもしれないが……。

俺は叱《しか》られているレベンを見て、なんとなく我が子を見ているような気持ちになって思わず言ってしまう。

「失礼。他人が口を挟むことではありませんが……グリーズ子爵。あまり息子さんを怯《おび》えさせてはいけませんよ？」

「む？　ですが、息子はこの通り軟弱なのです。我がグリーズ子爵家の息子ならもっと堂々としていないと」

うーん、まあ、他人の家の教育にあれこれ言いたくはないけど……。

チラッと見ると、ただ怯えているのとは、違う様子のレベンの姿がそこにある。

うん、これは言った方が良さげだな。

「そうだとしても、強要してはいけません。人には個性があります。確かにあなたのように厳しい教育も時には必要でしょう。ご子息を思ってのその気持ちは同じ父親として痛いほど分かります」

グリーズ子爵も、我が子であるレベンを思えばこその厳しさなのだと分かる。

教育方針は家庭によって異なるし、それに異議を言うのは野暮だろう。

しかし、小さな少年の本音を少し引き出すくらいなら問題あるまい。

「ですが、はじめから息子さんを否定してはいけません。息子さんはあなたではないのです。息子さんはこの世でただ一人の息子さんなのです。だから、もっと息子さんと話をすることをオススメします」

「話ですか……？」

「ええ。息子さんと目をあわせて、本音を聞いてあげる……きっと、それでお互いに納得のいく答えにたどり着けますよ」

そう言ってから、困惑するグリーズ子爵からレベンに視線を向ける。

グリーズ子爵の後ろで怯えているレベンに目線をあわせてから、俺は優しく言った。

「えっと……レベン君だね？　私はカリス・フォール。フォール公爵家の長だ」

「は、はぃ……」

　びくびくと小鹿のように震えるレベン。

　きっと怒鳴られると思っているのか、目をぎゅっと瞑《つぶ》るその子の頭を、俺は優しく撫でる。

「えっ……？」

「初対面の人間に緊張するのは仕方ない。だけど、君には立派なお父上がいるんだ。もっと堂々としていいんだよ」

「で、でも……僕、父上みたいに剣の才能なくて……」

「君の年で才能の話をするのは早いよ。それに……ないなら作ればいいんだよ」

「つく……る……？」

　びくびくと怯えながらも不思議そうに首を傾げるレベンに俺は笑顔で言った。

「君はお父上のことが好きかい？」

「えっと……はい……」

「じゃあ、お父上に憧《あこが》れているかい？」

「……はい。僕もいつかは父上みたいな……立派な騎士になりたい……です……」

　そのレベンの、か細いがはっきりとした答えに、グリーズ子爵はどこか驚いた表情を浮かべていた。

そんなグリーズ子爵を見ながらも、それに構わずに俺は言った。

「なら、君は君なりのやり方でお父上以上の騎士を目指せばいい」

「僕なりのやり方……」

「それが何かは君がこれから何を見て、何を体験するかによって変わってくるだろうね。でも、どんな方法でも、君が憧れて尊敬する父上に少しでも近づきたいなら……それに近づけるように精一杯頑張ることだ。君のお父上が君に厳しいことを言うのも君に期待しているからだ」

「期待……」

「重く捉《とら》える必要はない。ただ……君はお父上に愛されて、望まれている。それを忘れないことだ」

そう言うとレベンは俺の言葉にしばらく悩んだ様子を見せてから……震えながらも確かな声で言った。

「僕……頑張ってみます。怖いけど……父上みたいな格好いい騎士になりたい……です……！」

「うん。頑張りなさい」

ポンポンと俺は軽く頭を撫でてからグリーズ子爵に視線を向ける。

するると、信じられないような表情を浮かべているグリーズ子爵がそこにはいた。

そんなグリーズ子爵に、俺は言った。

「横からでしゃばって申し訳ない。でも、あなたの息子さんは少し内気でも心は強い。きっと、あなたの想像以上の騎士になりますよ」

「驚きました……息子がこんなことを口にするなんて……」

呆然《ぼうぜん》としているグリーズ子爵。

まあ、コミュニケーション不足の親子にありがちなことだけど、子供の考えていることは時に親の想像を超えるものだ。

子供のことが何でもわかるのが親だろうが……同時に見えにくいのも親なのだろう。

「息子さんともっと沢山話すといいですよ。では、私は仕事がありますので」

「は、はい……」

唖然とするグリーズ子爵の横を通ってから俺は仕事に戻ろうとする。

すると、後ろから、「あ、あの……！」という控えめな声が聞こえてきた。

振り返ると、そこにはどこか決意の籠《こも》った表情を浮かべるレベンがいた。

「僕……父上みたいに格好いい騎士になります……！」

「うん、頑張りなさい」

ペコリと頭を下げたレベンに俺は微笑んでからその場を後にした。

お節介かもしれないが……まあ、多少は問題ないだろう。

❄

夕食後、珍しく仕事が少なめだったので最速で終わらせて、俺は家族三人での時間を楽しんでいた。

左にはサーシャが座り、俺に甘えるようにその身を預けていた。

そして、膝の上にはローリエが座り、ご機嫌なご様子。

この食後の家族のまったり感はとても心地いい。

なるほど、これが幸せか。

「おとうさま」

「なんだい？」

そんなことを思っていると、ローリエが俺の膝の上で方向転換してから、何やらもじもじしていた。

「あのね……うけとってほしいものがあるの……おかあさまにも」

「私もですか？」

キョトンとしていると、ローリエはそれを取り出して、俺とサーシャに見せた。

「家族の絵か」

ローリエが描いたと思われる、センスの片鱗《へんりん》を感じる（親バカも含む）素晴らしいそれは、俺、サーシャ、ローリエが仲良く手を繋いでおり、とても微笑ましい。

「どう……かな？」

「うん、上手いじゃないか」

「ええ、特に旦那様は似てますね」

「じしんさく」

照れつつも、ちょっとドヤ顔気味で可愛い愛娘。

「貰っていいのかい？」

「うん」

「ありがとう。なら家族皆でいられるこの部屋に飾ろうか」

「いいですね」

早速ジークに頼むと、奴は知っていたかのように迅速に額縁を持ってきたので、それに入れて飾る。

家族の肖像画はあるけど……あちらよりも、愛娘の自信作の方が俺には嬉しかった。

サーシャもそのようで微笑ましそうにみており、俺とサーシャはローリエの頭を優しく撫でてから、褒める。

褒めて伸ばす教育なのですよ、うちは。

第四章　誕生日と新たな命

「決戦は明日……抜かりはない！」

「あの……カリス様？　あまり厨房《ちゅうぼう》で大声は出さないでください」

ノリノリでキメポーズをとっていると、そう冷静な声をかけてくる我が家の執事のジークさん。

いやね、大切な日だからはりきる心を抑《おさ》えきれなかったというか……。

横に最愛の二人がいれば、そこまで心を乱すことなく、イケメンカリスさんでいられただろう。

しかし、明日のミッションのためにはどうしても二人が側《そば》にいるのは不都合だったので仕方ない。

「それにしても……まさかカリス様がお嬢様のお生誕日を祝うなどと言われた時には私も驚きましたよ」

「まあ、これまで構ってあげられなかったからな。それに、娘の誕生日を祝うのは当たり前だろ？」

そう言うとジークはどこか微笑《ほほえ》ましそうに頷《うなず》いた。

「わかりました。でもあまり無理はなさらないよう……私は仕事に戻りますので」

「ああ。頼んだジーク」

そう言って厨房から姿を消す我が家の執事さん。

まあ、俺が騒がしいので注意しにきたのだろう。

さて、何故《なぜ》俺がこんなテンション高く厨房で作業をしているのか。

理由は明日に迫ったローリエの誕生日のためだ。

去年までは祝ってなかった行事だが、俺がカリスさんになった以上はやらない選択肢はない。

「それで、カリス様。明日の料理の話なのですが……本当にケーキはカリス様にお任せしてしまってよろしいのですか？」

「ああ。他の料理は私よりガーリックの方が上手く作れるだろうからね。期待してるよ」

隣で話を聞いていたガーリックはそれに対して力強く頷いて言った。

「もちろんです！　カリス様から頂いた新しいレシピを生かさせてもらいます」

「ああ。頼む」

ガーリックには異世界式のパーティー料理のレシピを渡してある。

まあ、お誕生日のお祝いらしい料理だが、この世界にある材料でどこまで再現できるかはガーリックの料理人としての力量の見せ所だろう。

俺が担当するのは定番であり、メインのケーキ。

お菓子を作ることに関してはそこそこ自信がついてきた今日この頃。

娘の誕生日を最高のものにするために努力は惜しまない。

「さて、とりあえず、ローリエのケーキは……やっぱり甘いものがいいか」

愛娘《まなむすめ》はかなり甘いものが好きなので、砂糖と生クリームをたっぷり使ったケーキなどが定番でいいだろう。

とはいえ……。

「サーシャも食べられるようにするなら、あまり甘くしすぎない方がいいか……」

俺の嫁はあまり甘すぎるものは好きではないので、そこが悩みどころだ。

もちろん、ローリエの誕生日なのだから、ローリエのためのケーキを作るのは当たり前なのだが……やはりサーシャにも美味《おい》しく食べて欲しいので決断に迷う。

「そういえば最近、サーシャは酸っぱいものが欲しいって言ってたな。なら、サーシャにはレモンのケーキでも作って、ローリエにはとびきり甘いケーキがいいかな？」

ここ最近顔色が悪い時があるサーシャ。

まあ、そこまで深刻ではないみたいだが、少しでも元気が出るものを作りたいという気持ちも少なからずあった。

厨房の一角を借りて早速試作にとりかかる。

レモンのケーキというのを実際に作るのはこれが初めてなので、どんな味になるかドキドキだったが……これがなかなか上手くできた。

問題はローリエの誕生日用のケーキだが、納得のいく仕上がりにどうしてもならない。

用意できる材料は一通り揃《そろ》えて、何度か作り直してみているが……。

「なんか違う……」

思っていたよりも甘さ控えめになってしまう。

いつもならここで妥協《だきょう》するところだが、せっかくの娘の誕生日だ。

できる限りの努力はしたい。

「カリス様！」

そうして何度かの失敗を繰り返して、そこそこ納得のいく仕上がりになった頃。

何やら慌てて厨房に駆け込んできた侍女《じじょ》に呼ばれる。

見覚えのある顔……確かサーシャにつけている侍女だったな。

俺は試作の手をとめて、駆け込んできた侍女に視線を向けて聞いた。

「どうかしたのか？」

「さ……サーシャ様が……」

「サーシャがどうかしたのか？」

何やら不穏《ふおん》な気配に俺はなんとなく顔を真剣にして続きを待つ。

すると侍女は、俺の予想通りの言葉を口にした。

「サーシャ様がお倒れに――」

言い切る前に俺はダッシュしていた。

脇目《わきめ》もふらずにサーシャの部屋を目指す。

何があったのかはわからないが……サーシャが倒れたというのを聞いて黙って見過ごすほどに俺の心は冷たくはないつもりだ。

「サーシャ……！」

どうか無事でいてくれ……！

そんな思いで一直線にサーシャの元へと向かっていた。

❄

「おめでとうございます。奥様はご懐妊《かいにん》なさっておりますよ」

急ぎで呼んだ医者にサーシャの体調を診《み》てもらって出てきた言葉がそれだった。

「……懐妊？」

「はい。おそらくそれによる体調不良でしょう」

医者の言葉に驚いたような表情を浮かべるサーシャ。

そして、医者に感謝を述べてから帰ってもらって、二人きりになってから俺はサーシャを優しく抱きしめた。

「だ、旦那様……？」

「よかった……サーシャが無事で本当によかった」

「旦那様……ありがとうございます」

震える俺を優しく抱きかえしてくれるサーシャ。

サーシャが倒れたと聞いてからどれだけ心配だったか……もし、サーシャに何かあったら、俺は生きていられないかもしれない。

まあ、もちろん、孫の顔を見るまでは死ぬつもりはないので後追いはしないが……それでも、心配だった。

そうしてしばらく俺はサーシャの温もりを堪能《たんのう》した後で、ベッドで横になるサーシャの頭を撫《な》でて言った。

「ありがとうサーシャ。私達の新しい家族を宿してくれて……」

「そ、それは、その……旦那様が、ここ最近私をたくさん愛してくださったから……」

照れつつそう言うサーシャ。

まあ、確かにローリエが寝たあとは夫婦の時間として沢山愛を確かめあったからなぁ。

無論、娘と一緒に寝ることもあったが夫婦の時間もかなり取ってたしね。

ただ、まさかこんなに早くローリエに弟か妹ができるとは思わず、自分でも驚いている。

若さ故《ゆえ》というか……やはり魅力的な妻がいると、どうしても男としての本能に忠実になってしまうのだろう。

「まあ、サーシャがあまりにも可愛《かわい》いから私としても歯止めがきかなかったからね」

「うぅ……あまり、思い出させないでくださぃ……」

真っ赤になった顔を手のひらで隠すサーシャ。

可愛い反応にまたしても心がざわめく。

全てが可愛い我が嫁はやはり最強だね。

「そ、それにしても……二人目ができたと伝えたら、お義父《とう》様とお義母《かあ》様がお喜びになりますね」

「まあ、驚くだろうね……」

元々、カリスさんはサーシャとあまりその手の夜の会話をしない人であった。

というか、カリスさんって、本当は女性が苦手なんだよね。

親に子供を急《せ》かされなければ、きっと、ローリエが生まれるのももっと遅くなっていただろう。

それくらいに二人の仲はあまり良好ではなかったのだ。

それなのに、ここにきてまさかの二人目の子供を授かったという状況。

うん、予想するまでもなく驚く両親の顔が目に浮かぶよね。

一応言っておくと、あんなに可愛いサーシャを放置していたカリスさんが異常で、俺の反応が正常なんですよ？

などと、自分を正当化しながらもそんなことは表情には出さずに俺はサーシャの頬を撫でて言った。

「まあ、とにかく……私とサーシャの大切な子供だ。それに……これでますますサーシャと私との絆《きずな》が増える」

「絆ですか……？」

不思議そうな表情を浮かべるサーシャ。

俺はそれに笑顔で言った。

「ああ。私とサーシャの愛の結晶と言ってもいいが……どちらがいいかな？」

「あ、愛の……」

「そう、愛の結晶。二人の関係をより強固にする大切な存在だよ」

ひどく恥ずかしいフレーズにサーシャは顔を再び赤くする。

まあ、言ってる俺もそれなりに恥ずかしかったりはする。

けど、それを表情には出さないで事実を述べる。

「私とサーシャが愛の営みを行った結果だよ」

「だ、旦那様……その表現はその……恥ずかしいですぅ……」

可愛い反応を見せるサーシャ。

二人目を身ごもってますます魅力的《みりょくてき》になるサーシャに、俺は激しい萌えを感じながらも、二人の時間を過ごした。

ローリエの誕生日の準備は……サーシャが眠ってから徹夜《てつや》でやれば間に合うだろう。

そう思って、ローリエが部屋を訪ねてくるまでサーシャの体の負担にならないようにイチャイチャを堪能しました。

うむ、やはりうちの嫁は世界一可愛い！

❄

早いもので、本日はローリエの誕生日。

なのだが、サーシャは生憎《あいにく》と体調がすぐれないので、お部屋で休んでもらっている。

本当なら側にいてあげたいが……ローリエを祝ってからでも遅くはないだろう。

それに、あまり頻繁《ひんぱん》に出入りしてサーシャの負担になると困るので、自重する。

ちょっとした気遣いかもだけど、それもまた夫婦円満の秘訣《ひけつ》かもしれない。

そんな知ったかぶりをしつつ、俺はローリエに内緒で準備を進めていた本日のイベントのためにローリエの授業が終わるのを待っていた。

「おとうさま？」

廊下でしばらくローリエを待っていると、部屋から出てきたローリエが不思議そうな顔をしてこちらを見ていたので、俺は笑顔で手招きした。

「おいでローリエ」

「うん！」

素直に俺の前にきたので、とりあえず頭を撫でてみる。

「えへへ……」

気持ち良さそうに目を細めるローリエ。

その愛らしさに思わずニヤケそうになる表情を抑えて俺は言った。

「今日の授業は終わったのかい？」

「うん！　おとうさまおしごとは？」

「ローリエに用事があるから早めに終わらせてきたよ。ついてきてくれるかい？」

「うん！」

こんなに素直に返事をされると、微笑ましいが……いつか誰かに騙《だま》されないか、少し心配にもなってしまう。

まあ、ローリエは年齢のわりに意外としっかりとしているし大丈夫だろう。

何かあっても俺が全力で守るし、問題ない。

ローリエと仲良く手を繋《つな》いで廊下を歩く。

すれ違う使用人が微笑ましそうにみているが、本当に変われば変わるものだ。

ついこの前までの荒《すさ》んだ我が家とは別の雰囲気に、なんとなく嬉しくなりながらローリエを用意していた部屋へと案内する。

「ここだよ」

「おとうさま？　このへやにようじなの？」

「うん。開けられるかい？」

そう言うと、ローリエは小さな体で少し重めの扉をあけて——顔を輝かせた。

室内は、各所に飾り付けをしており、大きな垂れ幕には『ローリエ五歳の誕生日おめでとう！』とローリエでも読めるように書いてある。

「おとうさま……これは？」

「見ての通りローリエの誕生日を祝うために準備した部屋だよ。本当ならサーシャ……お母様も一緒になって、ローリエをお祝いしたいけど、今は気分が悪いみたいだから、後で行こう」

「たんじょうび？」

首を傾《かし》げるローリエ。

まあ、去年までやってなかったし、あっても覚えてない可能性が高いからな……俺は笑顔でローリエに簡単に説明した。

「誕生日っていうのは、生まれてきてくれたことに感謝……ありがとうをする日だよ。今日はローリエが生まれた日だから、それをお祝いするんだ」

「おいわい……わたしがうまれておとうさまとおかあさまはうれしいの？」

「当たり前だよ。ローリエが私とサーシャの娘として生まれてきてくれたことに感謝しているよ。ローリエが私達の娘で良かったってね」

ポンポンと頭を撫でてそう言うと、ローリエは嬉しそうに表情を緩《ゆる》めた。

可愛い娘の反応に親としてもっと可愛がりたくはなるが、ずっと扉の前で立っているわけにもいかないので、ローリエの手をひいて中に入った。

中にはローリエと仲の良い侍女と、乳母が私服でおり、ローリエは不思議そうな表情を浮かべていた。

まあ、普段は仕事着だから、その反応はもっともだな。

「来年からはローリエのお友達……セレナ様とかも呼んで盛大にやるつもりだけど、今年はローリエと仲良しの人だけの小さいパーティーにしたんだよ」

「みーやも、れれもふくがちがう？」

「二人とも今日は仕事じゃないからね。ローリエのお祝いをするためにね」

そう言ってから俺はローリエの侍女であるミーヤと、乳母のレレに視線を向ける。

すると、二人はローリエに視線をあわせると、笑顔で言った。

「このような形でお嬢様のお祝いをさせていただけるなんて光栄です！　おめでとうございますお嬢様！」

「お嬢様も大きくなられましたね……おめでとうございます」

元気に言ったのは侍女のミーヤ。

静かに感慨深そうにそう言ったのは乳母のレレだ。

二人からの言葉にローリエはしばらく唖然としてから……笑顔で言った。

「ありがとう！」

その天使の笑みに二人もやられたようで表情が一気に緩くなった。

やはりうちの娘の笑顔の前にはどんな人間も無力だね。

流石《さすが》ローリエ！

そんなローリエの五歳の誕生日は、身内のみでささやかに行われた。

まあ、初回からあまり豪華なのをやると、貴族として他の貴族を招待しなければならなくなりそうだから、そうしたのだが……ローリエはそんなささやかなパーティーでも嬉し

そうに笑ってくれた。

愛娘のその様子を微笑ましく、同時に愛《いと》しく思い眺める。

ローリエは侍女と楽しげに会話してから、ガーリックがこの日のために仕上げた料理を少なめに取り分けた皿を持って俺の元にきて、笑顔で言った。

「おとうさま！　すごくしあわせです！」

「そうか……楽しめているなら良かったよ」

頭を撫でてそう言ってあげる。

ローリエは「えへへ……」と嬉しそうに笑ってから、手元の皿から料理をスプーンにのせてこちらにあーんをしてきた。

「おとうさま、これすごくおいしいの！　たべてたべて！」

「ああ。もちろんいただくよ」

最愛の娘からあーんをされて拒否をする父親がいるのか？　否《いな》！

そんな絶好のチャンスをふいにするわけもなく、俺は素直にローリエから食べさせてもらう。

我が家の料理人の腕前と、娘の愛情を堪能してから、俺は笑顔で言った。

「うん、とっても美味しいよ。ローリエと共に食べてるから更に美味しく感じるよ」

「ほんとうに？　おとうさま、わたしといっしょにたべておいしいの？」

「もちろんだよ。可愛い娘との食事を楽しまない父親はいないよ」

そう言ってから頭を撫でてあげると、ローリエは無邪気に笑って言った。

「わたしもおとうさまといっしょですごくおいしいよ！」

……か、可愛《かわえ》え！

ふぉおおおお
うちの娘、超可愛いんだけど！

こんな無邪気な表情を浮かべて笑うローリエに俺は思わずだらしなくニヤケそうになる。

しかし、娘の前でカッコよくありたい気持ちから、なんとか踏みとどまると、なるべく優しい笑顔を保つ。

そんな俺に気づくことのない愛娘のローリエ。

なんか、ローリエを見ているとほっこりとした気持ちになるな。

「おかあさまもいっしょならもっとおいしいけど……」

「ああ、お母様が目を覚ましたら一緒にケーキでも食べよう」

「けーき？　けーきって、おとうさまがつくったもの？」

「もちろんだよ。ローリエとサーシャ……お母様のために頑張って作ったから楽しみにしててくれ」

「うん！」

サーシャがいないことに少し寂《さび》しそうな様子を見せてからのこのスマイル。

天使……ふむ、エンジェルだな。

エンジェルローリエ……なんて素晴らしいんだ。

ローリエさんマジ天使！

それにしても、あのローリエがここまで色んな表情を見せてくれるようになるとは……。

少し感傷《かんしょう》に浸ってしまう。

ローリエは、カリスさんの人格が俺になるまでは寂しくてもそんなことを口にはしないように我慢してしまう子だった。

まあ、カリスさんが放置しすぎていたのが原因なんだけど……本当に、カリスさんにもっと早く転生したかったよ。

そんなローリエが少ないとはいえ、自分の気持ちを口にできるようになった……親としてはこれ以上嬉しいことはない。

ただ、やはり母親に似たのだろう。

どこか、自分だけで抱えこんでしまうところがある。

優しくて、健気《けなげ》だから一人で背負ってしまうのだろう。

それはどうしようもないので、これに関しては、いつかはローリエの気持ちを支えてあげられるパートナーが必要だろう。

さて、どうしたものか。

サーシャは俺が夫としてしっかりと支えるから問題ないが、娘のローリエの今後を考えると、やはり少しでも隣にたてる人間は作っておいてあげたいところだ。

過保護かもしれないが、親としてできることはしておきたい。

まあ、年頃になれば、父親よりも好きな異性ができて、『お父様なんて嫌い！』と言われるかもしれないが……。

「おとうさま？　どうかしたの？」

「ん……いや。なんでもないよ」

心配そうな表情を浮かべるローリエ。

いけないいけない、思わず表情に出てしまったみたいだ。

反抗期にこんな素直な娘にそんなことを言われると想像しただけでこんなに動揺《どうよう》するなんて……俺もまだまだだな。

まあ、お父様嫌いは言いすぎかもしれないが……いつかはローリエは俺の手から離れていってしまうのだろう。

それが寂しくないと言えば嘘《うそ》になるが……自分のそんなエゴを娘に見せるつもりはない。

娘の幸せのためなら俺はどんなことでもするつもりだ。

ローリエにとっての白馬の王子様……といえばメルヘンすぎるだろうか？

しかし、それくらい、ローリエには素敵な人と幸せな家庭を築いてほしいと願っている。

「ローリエ……私は何があろうとも、君の父親だ」

「おとうさま？」

唐突な台詞《せりふ》にローリエは首を傾げるが、そんなローリエに俺は笑顔で言った。

「だから……ローリエはローリエらしくしたいことをしていいからね。何があろうと、私はローリエの味方だ。ローリエは私とサーシャの大切な娘なんだからね」

「おとうさま……うん！」

よくはわかってないだろうが、俺の言葉に素直に返事をするローリエ。

うん、色々と思うところはあるが……今は、俺ができることで、ローリエの成長を見守ろう。

過保護、過干渉はあまり良くないだろうが、可愛い娘の幸せのためならなんでもしようと、密かに俺は決意を固め直したのだった。

❄

ローリエ・フォールにとって、家族というものはここ最近になるまでただの枠組みでしかなかった。

自分を生んで、育ててくれている人達であり、それ以上に迷惑をかけてはいけない。

そう、子供心に思っていた。

「いいですかローリエ様。あなたはフォール公爵家の長女……いつかはこの国の王妃にならねばならないのです」

何度も聞かされたその言葉。

意味はよくわからないが、自分はとにかく頑張らねばならないことだけはわかった。

とはいえ、ローリエはどれだけ聡《さと》くともまだ子供……頑張っていても、それには限界がある。

心をすり減らして、寂しい思いをしながらも、来る日も来る日も耐えなくてはならない日々。

そのことに疑問すら感じずにローリエはいつしかそれが当たり前だと思い、目の前の出来事を受け入れるようになった。

ローリエは普通の同年代の子供と比べても、特に成長が早い子だった。

早くから言葉を覚え、知識を少しずつ仕入れていった。

どの教育係もそれを褒めることはなく、公爵家の子供なら当たり前だとスルーしてローリエに厳しく指導をした。

時代が時代、世界が世界なら虐待《ぎやくたい》といわれかねない過酷《かこく》な状況。

しかし、人間というのは不思議なもので、そういう苛烈《かれつ》な環境にも適応できるらしく、すぐに慣れてしまう。

特に酷《ひど》かったのは礼儀作法の教育係であった。

彼女はローリエを指導と称して虐《いじ》めることを楽しんでいたようだった。

無論、ローリエにはそこまでのことはわからなかったが、言われたこともまともにできない自分が悪いと、いつもそう思っていた。

気持ちを隠すことにも、周囲にそれを悟《さと》らせないこともいつしか上手くなっていた。

そんなローリエに転機が訪れたのは、ローリエが四歳になってから半年ほど経《た》ってからのこと。

侍女の噂《うわさ》で、自分の父親が倒れたことを知った。

とはいえ、ローリエには父親に会うという選択肢はまったく浮かばなかった。

忙しい両親のことを多少なりとも心配にはなったが、自分が二人に好かれていないことは子供心ながらに分かっていた。

だからこそ、ここ最近になりローリエへのあたりが更に強くなった礼儀作法の教育係に黙って従っているとき――彼女は割って入ってきた人物の存在に驚いてしまった。

「おい！　お前はうちの娘に何をしているんだ！」

そう言ったのは彼女にとってはあまりにも接点が少なかった父親だった。

父親はローリエへ体罰を与える教育係を一喝《いっかつ》すると、心配そうにローリエのことを見つめて言った。

「ローリエ……大丈夫か？」

初めて正面から見た父親の姿。

その瞳《ひとみ》は、はっきりとローリエのことを見ており、表情は物凄《ものすご》く心配そうに……同時に、なにかを堪《こら》えるような表情を浮かべていた。

呆然《ぼうぜん》としながらもローリエは何故助けてくれたのか、何故今になってこんなことをしてくれるのか心底不思議で疑問を口にした。

そんなローリエを抱き締めて父親は言った。

「すまないローリエ。私がお前のことをなおざりにしたからこんなに痛くて辛《つら》い思いをさせてしまって……」

優しく労《いたわ》るようにローリエを抱き締めてくれる父親。

その温かさにのまれたからだろうか？

ローリエは思わず口にしていた。

「わ、わたし……いらないって、いわれて……だめだって……それで……」

「そんなことはない。ローリエは必要だ。俺の大切な娘だよ。だから――今までごめん。これからはお前のことをしっかりと愛すると誓うよ」

「……!?　お、おと……うさま……うぅ……！」

優しく抱き締めてくれる父親。

生まれてきて初めて感じる冷たい心を解《ほぐ》してくれるような台詞にローリエはほっとしてしまった。

ローリエの冷めきった、壊れる寸前の心を芯から温かくしてくれる優しい温もりを……ローリエは嬉しいと思った。

その後で泣き疲れて寝てしまってから、目が覚めて母親にも自分のことを必要だと言われて、ローリエは心底嬉しかった。

ローリエは、この日から、自分の父親のことを格好いいと思った。

壊れそうな自分を救ってくれた英雄……物語のヒーローのような父親。

ローリエにとって、おそらくこの日から、将来的に自分の男性の好みを聞かれたら、迷うことなく『父親のような格好よくて、優しい人』と答えるようになるぐらいに心が温かくなった。

この日から自分を救ってくれた格好よくて優しい父親が大好きになったのは言うまでもないだろう。

❄

「さて……準備はいいかい？　ローリエ？」

「はい！」

元気に返事をする愛娘に俺は笑みを浮かべてから扉をノックした。

「サーシャ。起きてるか？」

しばらくして、中から「はい……」という控えめな声が聞こえてきたので、俺は扉を開けて中に入る。

「体調はどうだ？」

「はい、朝よりはだいぶ平気になりました」

「おかあさまだいじょうぶですか？」

「あら、ローリエも一緒なのね。心配かけてごめんなさいね。それと……今日はあなたの誕生日をお祝いしたかったのに……」

ベッドに近づいてきたローリエと俺を、申し訳なさそうにみつめるサーシャ。

そんなサーシャにローリエは笑顔で言った。

「おかあさまがげんきなのがいちばんだから、おかあさまはゆっくりやすんで、はやくげんきになってください！」

「ふふ……ありがとう。本当に優しい子ねローリエは」

母親らしくローリエの頭を優しく撫でるサーシャ。

そんなサーシャに撫でられて、くすぐったそうに無邪気な表情を浮かべるローリエ。

この光景を見て俺は……一人、悶《もだ》えるのを必死に抑えることに全力を注いでいた。

可愛すぎるだろこの母娘《おやこ》！

そっくりな見た目の可愛い銀髪美女と美幼女の組み合わせ……うん、きっとここが天使が住まうという幻の楽園なのだろう。

そんな幸福に身を委《ゆだ》ねそうになるのを必死に抑えて俺は言った。

「さて、サーシャ。食欲はあるかい？」

「えっと……軽いものなら食べられるかと……」

「そうか。なら、丁度いいかもしれないな」

そう言ってから俺はサーシャとローリエのために作ったケーキが入った箱をサーシャの近くに置いた。

「これは……？」

「サーシャのはレモンケーキ。酸味と甘さのバランスが抜群《ばつぐん》のケーキだよ。ローリエには甘い苺《いちご》のショートケーキ。二人のために頑張って作った力作だよ」

「あの……パーティーは終わったのですよね……？　これは一体……？」

不思議そうに首を傾げるサーシャ。

パーティーですでにケーキは食べたと思っているのだろう。

当然の反応をするサーシャに俺は笑顔で言った。

「せっかくのローリエの誕生日だからね。メインは家族三人で静かにやろうと思って取っておいたんだよ」

「わざわざ私のために……」

「サーシャだけのためではないよ。ローリエも母親である君と一緒に食べたいだろうと思ってね。そうだろ？」

俺の言葉にローリエは笑顔で言った。

「おかあさまといっしょにけーきたべたいです！」

「……らしいよ。どうかな？」

そう聞くと、サーシャは嬉しそうに微笑んで頷いた。

「わかりました……せっかくの二人のご厚意をありがたく受け取らせていただきます」

「よし……それなら準備をするから少し待ってて」

「準備？」

不思議そうに首を傾げるサーシャ。

そんなサーシャのために俺はレモンケーキを一口サイズにフォークで取ると、それをサーシャに向けて差し出した。

「はい。サーシャ、あーん」

「えっ……!! あ、あの……旦那様?」

「ほら。遠慮《えんりょ》しないで」

「で、でも……」

チラリと視線をローリエに向けてから恥ずかしそうな表情を浮かべるサーシャ。

まあ、娘の前でやるのは恥ずかしいのだろう。

そんなサーシャに構わず俺は『あーん』を続けていると、やがて根負けしたようにサーシャは俺の差し出したケーキをその可愛い口で食べた。

「どうかな?」

「……お、美味しいです」

恥ずかしそうに微笑むサーシャ。

そんな可愛い反応を楽しんでいると、ローリエが俺の服の裾《すそ》を引っ張ってから言った。

「おとうさま。わたしにもたべさせてください」

「ああ。もちろんだよ」

ノーという選択肢はなかった。

可愛い愛娘のために、俺は別のフォークでローリエ用のケーキからローリエが食べやすいように、サーシャの時より小さく取り分けてからローリエにそれを差し出した。

「はい。あーん」

「あむ」

もぐもぐと嬉しそうにケーキを食べるローリエ。

そんなローリエを微笑ましく見守っていると、サーシャが控えめに……しかし、破壊力抜群の上目遣いでおねだりしてきた。

「あ、あの……旦那様。私にも、その……もう一口……」

「よろこんで」

それからは交互に二人に食べさせることになった。

正直申しまして、大変幸せな時間でございました。

最高に可愛い二人の微笑ましいその光景を、俺は脳内のフォルダーに保存して満足したのは言うまでもないだろう。

ケーキを食べ終わり三人でまったりした時間を過ごす。

何もなくても、こういう家族の時間は心地いい。

もっとこのまったりとした空間にいたかったが、タイミング的に頃合いなので、断腸《だんちょう》の思いで、俺は一度部屋を出て自室に戻る。

そして、自室から必要なものを持って天使達が待つエデン（サーシャの部屋）へと戻ってきた。

「ローリエ、これを」

「おとうさま、これは？」

不思議そうな表情を浮かべるローリエに渡したのは簡単にラッピングされた少し大きめの箱。

重量的には見た目より重くはないそれを、ローリエは興味深そうに眺める。

俺はそれを微笑ましく思いつつ、ローリエの頭を撫でて言った。

「開けてみなさい」

「うん……」

ローリエは俺の言葉に不思議そうにしつつも、素直に頷く。

リボンで簡単にラッピングされたそれを可愛い手で器用にほどいていくローリエ。

そうして、箱を開けて――ローリエは笑顔を浮かべた。

「わぁ……かわいい！」

うん、確かに可愛い。

うちの娘のキラキラした笑みは最高だね。

内心でそんなことを思いつつ、俺は笑顔で言った。

「知り合いに頼んで教えてもらって、私が作ったぬいぐるみだが……気に入ってもらえたかな？」

「旦那様が作ったのですか？」

驚きの表情を浮かべるサーシャ。

まあ、確かにその驚きはわからなくもないけどね。

ローリエの手元にあるのは、俺が知り合い（どこぞの王女様）に習って、作ったアルパカのぬいぐるみだ。

まあ、本物のアルパカよりもデフォルメされた可愛いデザインになっているが、その方が可愛いしそれはいいだろう。

ただ、この世界にアルパカがいるかわからないから二人にはこのぬいぐるみのモチーフが何かは正確にはわからないかもしれないなぁ。

それでも、悪くない反応なので少しホッとする。

「ローリエの誕生日だからね。せっかくなら思い出に残るものをと思って作ったのだが……どうかな？」

そう聞くと、ぬいぐるみを見て瞳を輝かせていたローリエは、ぬいぐるみを胸元に抱くと、心底嬉しそうに笑顔を浮かべて言った。

「おとうさま、ありがとうございます！　たいせつにします！」

「……そうか。喜んでもらえたのならよかったよ」

平然とした表情を浮かべている俺だが……内心はかなりカオスだった。

やべぇ……うちの娘の無垢《むく》な笑顔が可愛すぎる件について。

脳内で昨今ありそうなラノベが即興でできてしまうのだから恐ろしい可愛さだ。

ローリエさんマジかわゆす。

俺があげた不格好なぬいぐるみを大切そうに胸に抱くローリエ。

そんなローリエに俺はかなりきゅんときていた。

いや、これでも裁縫《さいほう》が苦手ながらもかなりの出来のものを作れたとは思うが……やはり素人《しろうと》の作ったものなので、内心でかなり不安はあった。

でも、ローリエはこんなプレゼントにも嬉しそうな表情を浮かべてくれた。

この年にしてここまで可愛いとは……将来はどこまで可愛くなるのか予測できないほどに恐ろしい存在だ。

流石はサーシャと俺の娘だな。

「まあ、素敵な贈り物ですね。よかったわね、ローリエ」

「うん！」

うむ、母娘のやり取りは癒《いや》されるなぁ。

そんなことを考えていると、微笑ましそうにしつつも、どこか羨《うらや》ましそうなサーシャの様子が気になった。

「サーシャ。どうかしたのか？」

「いえ、なんでもありません」

そう微笑むサーシャだが、なんでもなくはないのは手に取るように分かった。

サーシャ自身も、あまり誕生日自体とは無縁……というか、家族で祝ったり、俺になる前のカリスさんに祝って貰ったことがないので、娘の幸せそうな顔に喜びつつも、少し羨ましいのだろう。

そんなサーシャの様子に、俺はどうするのが正解か……いや、どうしたいのか、サーシャがどうしたら喜ぶかをすぐに考えつく。

こっそりサーシャに近づいて言った。

「サーシャ。少しだけ目を瞑《つぶ》ってくれるかい？」

「……？　はい」

大人しく目を瞑るサーシャ。

素直な嫁に俺はローリエからは見えないように自身の体で隠して、そっと——サーシャの綺麗《きれい》な銀髪に髪飾りをつけた。

「旦那様、これは……」

「誕生日はまだ先だけど、これは私から大切な妻への日頃の感謝の気持ちをこめた贈り物だよ」

驚いたような表情を浮かべるサーシャ。

しばらくサーシャは髪飾りをそっと大切そうに撫でてから……照れたような笑顔で言った。

「あ、ありがとうございます……大切にします、ずっと……」

……嫁が可愛すぎる！

え、なに今の照れたような表情のサーシャ。

可愛すぎる……尊いよぅ……。

本当にサーシャとローリエは俺の心の奥深くにいるのだなぁと、しみじみ思いつつ、ワキワキとサーシャを愛《め》でたい衝動をなんとか我慢する。

「もふもふ～」

「えへへ……旦那様からの贈り物……」

……うん、本当に我慢が大変だ。

可愛いがあふれている。

なんかすべてが愛おしすぎるので、癒ししかないよね。

そんな風に、可愛い娘と嫁とのまったりとした時間を過ごす。

きっと、これから先もこの日のことを家族との大切な日として記憶していくだろう。

そんな風に思うのであった。
うむ、可愛いは正義！

第五章 両親との和解

「なに？　父上と母上が？」

ローリエの誕生日から数日後。

いつものように早く仕事を終わらせようとしている俺は、執事のジークからの報告に思わず眉を顰《ひそ》めてしまった。

そんな俺に構わずジークは言った。

「はい。オスカー様とリシャーナ様が近々こちらに来られるとのことです」

カリスさんの父親である、前公爵《こうしやく》のオスカー・フォールと、母親のリシャーナ・フォール。

この二人は現在、領地の一つでひっそりと隠居生活《いんきよせいかつ》をエンジョイしているはずだ。

ローリエが生まれた時以来、こちらに来ることはなかったのだが……。

「このタイミングでの訪問となると……サーシャの妊娠か？」

それしか考えられなかった。

しかし、俺はその報告をカリスさんの両親にはしていない。

そうなると消去法でその報告をしそうな人物は絞《しぼ》られてきたので、俺は目の前のジークに聞いた。

「ジーク……お前、父上と母上に定期的に報告をいれてるのか？」

「お二人からカリス様とサーシャ様の近況を聞かれたので答えたまでです」

涼しい顔をしてそう言うジーク。

まあ、それはいいが……しかしどうしたものか。

サーシャやローリエ、屋敷の人間は俺の性格の変化に関してはプラスの感情を持ってくれているからいいだろうが、何年も会ってない両親に関してはなんとも言えなかった。

カリスさんの記憶での両親はそこまで悪い人ではなかった。

俺からすると、むしろ良い部類に思えた。

ただ、カリスさんの性格のせいか両親とはあまり良好な関係とは言えなかったみたいだ。

そもそも、カリスさんが公爵家を継いでから、ローリエが生まれるまでがそれなりの年数がかかっている上に、カリスさんの両親との最後の記憶は、『いつになったら子供ができるんだ』という急《せ》かすような父親との会話が最後の記憶だった。

騎士団の仕事やら、公爵家の仕事を子供ができない言い訳にしていたようだが、公爵としての仕事はともかく、騎士団は完全にカリスさん自身もなんとなく在籍していただけなのは両親にも気付かれていた節《ふし》はある。

あとはサーシャとの体の相性から子供ができにくいと言い訳をしていたカリスさんだったが、無論そんな訳もなく。

サーシャとの相性に関しては、ここ最近の俺の人格になってからの夜の時間で抜群の相性なのがわかっているので、ただの言い訳なのは明白だった。

いいや、もちろんカリスさんにも事情が色々あったのは知っている。

ただ、ここまで相性のいい妻がいるのに今までその手の行為を控えていたカリスさんの精神力には驚きましたよ。

まあ、カリスさん自身があまり女に興味がない……というか、むしろ女性が苦手なレベルだったから仕方ないのだろうが。

それでもあんなに可愛《かわい》くて健気《けなげ》なサーシャを放置していたことには俺からすれば驚きしかなかった。

まあ、カリスさんがあまり手を出してなかったからこそ、初《うぶ》な反応をするサーシャを目一杯愛《め》でることができるので、ある意味感謝はなくはない。

同時にあんなに可愛いサーシャを何年も放置していたことに若干苛立《いらだ》ちを覚えてしまうのは仕方ないよね。

ちなみに、両親もカリスさんが女を苦手とする理由に関してはわかっていたみたいだ。

ただ、両親は子供ができにくい体質だったようで、カリスさん以外には子供ができなかったのでカリスさんに期待をしてしまうのは仕方ないことなのだろう。

まあそれはいいとして。

「ジーク。今の私を見たら父上と母上はどんな反応をすると思う？」

「率直に申しますと感動されるかと」

多少、妻と娘を愛でるだけでそんな反応をされるカリスさん。

その事実に改めて涙が浮かぶが……俺はそれを抑えてため息をついてから言った。

「わかった……とりあえず二人のためにできる限りの準備を頼む。サーシャとローリエには私から話しておこう」

「わかりました」

そんなこんなで両親の訪問が決まったが……はて、さて、どうしたものかね。

❋

「お義父《とう》様とお義母《かあ》様が来られるのですか？」

その日の夕食の席で、早速俺は二人に両親の訪問を告げる。

すると、驚いたような表情を浮かべるサーシャ。

そんな表情も可愛いと思いつつ俺は頷《うなず》いて言った。

「二人目ができたからだろうが……ローリエは生まれた時に一度会ったきりだろうから覚えてないだろう？」

「おとうさまのおとうさま？」

「……ああ。そうだね。ローリエからしたら祖父母……お祖父様《じい》とお祖母様《ばあ》にあたる人だよ」

キョトンと首を傾《かし》げるローリエに悶《もだ》えそうになるのをぐっと堪《こら》えて笑顔で俺はその答えに頷いた。

お父様のお父様とか、可愛すぎる例えだろ！

そんな俺の内心は悟《さと》らせないでいると、サーシャが少し不安そうな表情で言った。

「お出迎えの準備をしたいですが……」

「サーシャは無理に動かなくていいよ。今が大事な時期なんだしね」

「すみません……」

ベッドの上で申し訳なさそうな表情を浮かべるサーシャ。

マナー的にはあまりよくないが、最近はサーシャの体調が安定している時はサーシャの部屋に簡単に机を用意してそこで食事を共にすることが増えた。

まあ、サーシャの体調が悪ければローリエと二人で食べるが……負担にならない程度にはサーシャの側《そば》にいたいので、屋敷の人間には目を瞑《つぶ》ってもらっている。

そんなサーシャの側に俺は近づいてから優しく頭を撫《な》でて言った。

「あまり気にしなくていい……と言っても無理だろうけど、サーシャにはこれから生まれてくる私達の新しい家族のために頑張ってもらっているんだ。だから私は私でサーシャとローリエと……お腹の子のためにできることをするだけだよ。家族なら助け合って当然だからね」

「でも……私はいつも旦那様に迷惑ばかりかけて……」

うーん、サーシャがかなりしょげたような表情を浮かべてる。

そんな表情すら可愛いが……やっぱり、体調が安定しないと精神も不安定になるものなのだろう。

俺はそんなサーシャになるべく優しく笑顔で言った。

「愛する妻と娘のためなら苦労なんてものは存在しないよ。仮にあったとしても、それらすべてが自分の愛する家族のためになるなら、私は喜んでどんなことでもしよう」

「でも……それじゃあ、旦那様に私が寄りかかるばかりで、旦那様の負担になりますし……」

いつもならこれくらいでサーシャも気持ちを持ち直してくれるのだが……妊娠中はいつもよりナーバスになるのかもしれない。

そんな妻のフォローも俺の役目なので無論《むろん》抜かりはない。

俺は撫でていたサーシャの頭から頬《ほお》に優しく触れてから、そっと近づいて――サーシャの額《ひたい》に軽くキスをした。

「だ、旦那様……」

娘の前でこんなことをされるとは思ってなかったのだろう。

サーシャは先ほどの不安げな表情から一転して、驚きと恥ずかしそうな表情に変化する。

頬は赤く染まり、一人の乙女がそこにはいた。

そんなサーシャに俺は少しイタズラっぽい笑みで言った。

「ごめんね。サーシャがあまりにも可愛いことを言うものだからついね……」

「か、可愛いって……」

「私はね……サーシャのそういう可愛いところも大好きなんだよ。良いところも悪いところも全部をひっくるめて、サーシャが大好きなんだ。だから次あんまり可愛いことを言うようなら……今度は大人のキスで黙らせるよ？」

にっこりとそう言うと、サーシャは顔を赤くして黙りこんでしまった。

とりあえずはサーシャの不安定な気持ちを少しは落ち着けることができただろう。

と、内心で若干安堵《あんど》していると、ローリエが俺の服の袖《そで》を引っ張ってから可愛く首を傾げて聞いてきた。

「おとうさま、おとなのきすってなあに？」

……迂闊《うかつ》なことは口にしないに限るね。

まさか娘にピュアな瞳《ひとみ》でそんなことを問われる日がくるとは……。

俺はしばらく考えてから無難な回答をすることにしたのだった。

❄

色々と準備をしていたら、あっという間に二人が来る日になった。

とはいえ、両親が来るだけなのでそこまで大がかりなことはしなくていいだろう。

一応、二人にとってもこちらは思い出深い家だろうしね。

代々、公爵家の当主は、引退後は領地で余生《よせい》を過ごすことが決まっており、王都にあるこの家……本邸には昔両親も住んでいたので、下手な誤魔化しは利かないだろう。

そうでなくても、掃除は普段から使用人の皆が頑張ってくれているから大丈夫だろうし、家の装飾なんかはセンスのある公爵夫人のサーシャが細かく指示をしているので問題はないだろう。

サーシャが元気なら二人の出迎えはサーシャにお任せしたかったが、まだ体調が安定してないサーシャに無理はさせられない。

なので、俺は早めに仕事を片付けて時間より少し早く待機していた。

「おとうさま、おじいさまとおばあさまはどんなかたですか？」

本日の授業が終わったローリエと共にお茶をしながら待っていると、ローリエはそんなことを聞いてきた。

どんなか……。

俺もカリスさんの記憶でしか知らないからなんと言えばいいかわからないが……。

「とても高貴で優しい人達だよ」

「やさしい……おとうさまとおなじくらいやさしいの？」

どうやら我が愛娘《まなむすめ》の優しいの基準に俺が含まれているようだ。

親としてこれ以上ないくらい嬉しいことにだらしなく頬が緩みそうになるが、なんとか渋い漢《おとこ》のイケメンカリスさんスマイルをキープ。

そして、そんな可愛いローリエの頭を撫でて答えた。

「そうだね……私が優しいかはわからないが、家のことを第一に考えられる凄《すご》い人達ではあるね」

「おとうさまはすごくやさしいです！」

「うん。ありがとうローリエ」

なでなでと優しく頭を撫でる。

すると、ローリエは「えへへ……」と嬉しそうに笑みを浮かべていた。

ヤバい……娘の笑顔、プライスレス。

「カリス様。オスカー様とリシャーナ様がお戻りになりました」

そんな風に娘とのふれあいを楽しんでいると、タイミングよくジークがそんな報告をしてくれた。

ふむ、まあ、娘との時間も大事だけど、とりあえず二人を出迎えないとな。

「さて……ではローリエ。行こうか」

「はい！」

差し出した手をローリエはぎゅっと握る。

可愛らしいその手で嬉しそうに繋《つな》ぐから愛《いと》おしい。

身長差があるので手を繋ぐと中腰になって辛《つら》いが……まだまだ孫の顔を見るまでは現役を貫きたいので、そこは根性でなんてことないように装《よそお》った。

「お久しぶりです。父上、母上」

玄関にたどり着いて、俺は二人に笑顔でそう言った。

その俺の笑顔にどこか驚いたような表情を浮かべる初老の男性。

ちょうど、鏡に映るカリスさんが一気に何十年か年を重ねたような容姿の男性は、カリスさんの父親であり、前フォール公爵のオスカー・フォールだ。

「久しぶりねカリス……元気そうで安心しました」

そして、俺の笑顔に驚きつつもそう安堵の表情を浮かべる女性。

前フォール公爵夫人で、カリスさんの母親であるリシャーナ・フォールだ。

「はい。お二人もお変わりないようで安心しました。それとローリエ。挨拶《あいさつ》できるね？」

「は、はい……」

その俺の言葉に、俺の後ろに隠れていたローリエが控えめに前に出てくる。

まだ少し人見知りが残りつつも、どこか緊張した様子で挨拶をした。

「おじいさま、おばあさま。こんにちは」

「ローリエね……あなたが生まれてきた時に会ったきりだからかなり久しぶりだけど……大きくなったわね」

どこか慣れた様子でローリエに笑みを浮かべる母上。

母上がローリエと話をはじめたので、俺はいまだにフリーズしている父上に声をかけた。

「父上、お久しぶりです」

「カリス……なのか？」

「そうですが……どうかなさいましたか？」

「いや……なんだか、しばらく会わないうちに随分《ずいぶん》と表情が柔らかくなったと驚いてしまってね」

まあ、確かにカリスさんは両親に険しい表情ばかりみせていたからな。

驚くのは無理ないが……俺は特に気張らずに答えた。

「家族ができれば男は変わるものです。父上にも経験があるのでは？」

「そう……なのか？」

無論、人格が変わりましたなどと言って信じてもらえそうもないので、そう無難に答えておく。

ある意味方便だが、まあ別に間違ったことは言ってないので、問題はないだろう。

そんな風に首を傾げている父上と、ローリエと微笑《ほほえ》ましげに会話をする母上。

お似合いの二人だが、この後でさらに驚かされることになるとはこのときの二人は知るよしもなかったのだ。

……まあ、九割俺のせいだけどね。

二人を出迎えてからひとまず腰を落ち着けてもらおうと思い、応接室に案内しようとしたが、先にサーシャに挨拶をしたいという母上。

その要望に応えて俺は二人を連れてサーシャの部屋へと向かっていた。

「そう。では、ローリエはもうダンスを覚えたのね」

「はい！」

「凄いわね。流石《さすが》私の孫ね」

そんな道中で、ローリエはすっかり母上と仲良くなっていた。

というか、早速母上がローリエにデレていた。

母上のこんな表情を見たのは、カリスさんの記憶の中でも数えるほどしかないが、母上はどうやらかなりの子供好きらしい。

孫のローリエの可愛さにメロメロになっていた。

うん、うちの娘のローリエの無自覚な天然のチャームには、やはり我が愛妻のサーシャの面影が色濃く見えるよ。

こんな可愛い顔をして甘えられたら、どんな鉄仮面でも自然と頬が緩むよね。

「家の装飾も随分と変わったな……」

「サーシャが頑張っておりますので」

「そうか……サーシャとは上手くやれているのか？」

そんな微笑ましい光景とは裏腹にこちらは渋い男が親子の会話をしていた。

まあ、俺と父上は孫を可愛がっている母上に遠慮して二人で話しているのだが……しかし、本当に父上はカリスさんにそっくりだな。

あと何年かしていい感じに老ければこんな素敵な初老になれるのだろうか？

そんなことを思いながら俺は心配そうな父上に笑顔で頷いた。

「ええ。一時は私のせいで二人を不幸にするところでしたが……二人の魅力に目が覚めたので、今は精一杯愛しています」

「そ、そうか……」

なにやら驚いている父上。

今日うちを訪れてから何度となく見ている表情だが、俺は構わずに続けた。

「やはり、愛するものができると、見える景色も違いますね……父上は母上とはどうだったのですか？」

「む……どうかと言われてもな……」

「聞いたことがないと思ったので……良ければ教えてください」

「う、うむ……それは……」

「あら？　二人で何の話をしているのかしら？」

困ったような表情の父上に助け船を出すように後ろでローリエを可愛がっていた母上が参戦してきた。

ナイスなタイミングにどこかホッとしたような表情を浮かべる父上。

やはり熟練《じゅくれん》の夫婦はなかなかに絆《きずな》が深いと感心しながらも俺は母上に聞いた。

「お二人の馴《な》れ初《そ》めをお聞きしていたのですよ。母上は父上とはどうだったのですか？」

「あなたからそれを聞いてくるなんて……驚いたわ」

「そうですか？　お二人の話を参考にできればと思ったのですが……それは後で聞いた方

が良さそうですね」

そうこうしていると、あっという間にサーシャの部屋についた。

俺は会話を切り上げて、静かに部屋をノックした。

「サーシャ。起きてるかい？」

しばらくすると、「はい……」という返事が中から聞こえてきたので、俺は了承を取ってから先に部屋に入ってサーシャに話しかけていた。

「サーシャ。体調は大丈夫かい？」

「旦那様……はい。少し寝たら落ち着きました」

それでもどこかまだ顔色が悪いサーシャ。

無理をしているのが丸わかりなので、俺はサーシャの頬に手をそっと添えてから遅れて反応するサーシャに言った。

「我慢はダメだよ。特に私の前で無理をすることは許さないよ」

「い、いえ……お二人が来ているのに寝ているわけには……」

健気なことを言うサーシャ。

本当に無理ばかりするサーシャに俺はそっとその体を優しく抱き締めてから頭を優しく撫でて言った。

「サーシャが無理をしていることくらいすぐにわかるよ。私はサーシャのことをこの世で一番よく知っているのだからね。二人への挨拶はもっと体調が安定してからでもいい。それよりも今は自分の体を大切にしなさい」

「ですが……」

「あんまり聞き分けが悪いと、起きてからたっぷりとお仕置きをしなくてはいけなくなるけど……どうかな？」

その言葉でサーシャの真っ青な顔色は途端《とたん》にカアッと赤く染まった。

そんなサーシャに俺は我慢できなくなりそうな気持ちを必死で抑え、そっと頬に口づけをしてからぼーっとするサーシャを布団に優しく戻す。

そして、一部始終を入り口で見守っていた二人に近づいてから言った。

「すみません。サーシャはまだ体調が安定しないので、ちゃんとした挨拶は後でもいいですか？」

「え、ええ……」

「母上？　どうかしましたか？」

母上……まあ、父上もだけど、かなり驚きの表情でフリーズしていた。

首を傾げていると、なんとか先にフリーズが解けた母上が驚きを隠せずに言った。

「いえ……随分と、夫婦仲が良くなったのね」

「はは、多少私が素直になっただけですよ」

嘘《うそ》つけ！

きっと、俺が逆の立場なら思っているであろうその感想を、二人は困惑とともに表情に浮かべていた。

そんな空気に首を傾げながらも黙っていたローリエは、幼いながらも空気を読むことに長《た》けているのだろう。

その要因の一つには、俺とサーシャの日頃のイチャイチャが関係している気がしなくもないが、それはそれ。

今この場においては唯一の癒《いや》し要素は我が娘のローリエ。

その事実は不変であった。

このあと、サーシャの部屋から二人が寛《くつろ》げるように談話室へと案内したのだが、気が付けば何故《なぜ》か俺は現在、母上に捕まっております。

父上は別室にてローリエとともに、ぎこちなくも孫との会話をしているであろう状況で、俺は母上に無理やり気味に連れ出されたのだが……。

「あの……母上？」

母上は俺を連れ出してからしばらく何やら考えを巡らせるように黙っていた。

やがて意を決したように言った。

「あなた……本当にカリスなの？」

「……どういう意味ですか？」

思わぬ言葉に冷や汗が出てくるが、そんな俺に構わずに母上は続けた。

「勘違いならごめんなさい。だけど、今のあなたを見ていると、私の知るカリスとは根本的に違うというか……まるでカリスの体に別の人間がいるような気がしたの」

なんという観察力だろう。

一瞬母上も転生者かと思ったが、口には出さずに俺は肩をすくめて言った。

「恋をすれば人は変わるものですよ。母上にも身に覚えがあるのでは？」

「そうね……もちろん、あなたがいい方向に変わったことには私もあの人も嬉しく思うわ。でも、なんというか……あなたは幼い頃の出来事がトラウマになって異性を避《さ》けていたでしょう？」

「それは……まあ、そうですね」

カリスさんとサーシャの仲が悪かった理由のひとつには母上の言ったように、カリスさんの幼い頃のトラウマがあった。

具体的にはカリスさんが五歳になる前のこと。

当時屋敷で働いていた侍女《じじょ》にカリスさんは襲《おそ》われそうになったのだ。

殺される……的なものではなく、性的な意味で襲われたのだ。

大層なご趣味をお持ちであったらしい侍女は、前々から目をつけていたカリスさんの容姿に惹《ひ》かれていたらしく、寝込みのカリスさんを襲撃《しゅうげき》したのだ。

幸いにしてカリスさんは本格的に襲われる前に助けられた。

しかし、未遂《みすい》とはいえ幼い少年にとってそれはかなりの恐怖だったのだろう。

それが幼いカリスさんの繊細《せんさい》な心に大きな傷跡を残してしまったのは必然だった。

まあ、考えなくても分かることだけど、まだ幼い少年のカリスさんがいきなり肉食獣の前に放り出されて、性的な目で襲われそうになったならその恐怖は計り知れないだろう。

そんな事件がきっかけで、カリスさんは異性が苦手になった。

母上や乳母、あとはよく知る侍女など一部の女性は大丈夫だったが、年上の女性がカリスさんはとにかく苦手になったのだ。

とはいえ、カリスさんは異性が苦手なこと以外は非常に優秀なスペックの持ち主であった。

母上と父上に子供ができにくい上に、当時のフォール公爵家はとにかく内部の血筋を重んじる傾向《けいこう》が強かったので、カリスさんの祖父母……父上には実の親で、母上には義理の両親である彼らは、カリスさんに継がせること以外を認めようとはしなかった。

だからカリスさんに婚約者をつけて無理やり継がせようとしていたが……流石に可哀想《かわいそう》に思ったのか、父上と母上は成人するまでは公爵家の人間として恥ずかしくないことなら自由にやっていいと言ってくれたのだ。

そんな両親の優しさで、カリスさんは騎士団に入団したのだった。

そうして騎士団に入ったはいいが、カリスさんはここでもスペックの高さからすぐに上に上がることができて、気がつけば《剣鬼《けんき》》と呼ばれるほどに力をつけていたのだ。

まあ、それ以外にも色々あったが……今はそこは省いて、俺は目の前で不審そうにしている母上に意識を戻して言った。

「母上。確かに私は昔のトラウマで一時期は二人をまったく見ておりませんでした。でも……そんな私を二人は精一杯の心で癒してくれました。今でもあの時のトラウマがないと言えば嘘になりますが……それでも、そんな臆病《おくびょう》な私を愛してくれた二人を私は心から愛しております」

カリスさんの心には今でも深い傷が残っている。

日が経《た》つほどに自分とカリスさんの感覚が混じっていて、日に日に一つになることが感じられる。

それでも、二人を大切に思う俺の気持ちだけは決して変わることはないだろう。

カリスさんの本来の人格が俺のせいで消えたのだとしたら、俺はカリスさんの分まで二人のことを愛するだけだ。

そんな俺の返事に母上はしばらくじっとこちらを試すように見てから……ため息をついて言った。

「そう……わかったわ。あなたを信じましょう」

「よろしいのですか？」

「まだ少し疑問はあるけど……あなたが仮に偽物でも、私達のカリスであることには違いないわ。それに……息子を信じるのは親として当然でしょ？」

そう言った母上の笑顔をどこか清々《すがすが》しく感じたのは俺の気のせいだろうか。

「おとうさま！」

母上との話を終えてローリエと父上がいる部屋へと戻ると、真っ先にローリエが俺に駆け寄ってきた。

嬉しそうにニコニコしているローリエの頭を撫でて俺は聞いた。

「お祖父様とはゆっくり話ができたかい？」

「はい！」

「そうか……ならよかったよ」

見ている方まで幸せになるような愛娘の笑みに顔が緩くなりそうになる。

だが、カッコイイ父親でありたい俺はなんとか我慢する。

なんだかここ最近になって、表情のコントロールが凄く上達した気がするよ。

まあ、ローリエとサーシャ……愛しい二人に少しでも格好いいカリスさんを見せてあげたいという些細《ささい》な見栄からそんなことばかり上達するんだけどね。

「父上、お待たせしました」

「あ、ああ。うむ」

ローリエを愛でてから父上に視線を向けるとやはりどこか慣れないのか戸惑ったような表情を浮かべる父上。

カリスさんがこんなに真っ直ぐに視線を両親に向けることと自体これまででは考えられないことだから仕方ないいか。

とはいえ、そろそろ慣れてきて欲しいものだ。

その証拠《しょうこ》に先ほどまで話していた母上はすでに順応したのか俺の様子を不審がることはせずに孫を可愛がっていた。

うん、まあ、母上はちょっと順応が早すぎる気がしなくもないが……やはり、こういう精神面では男よりも女の方がタフなのだろう。

その後でゆっくりと四人でお茶をしようと思ったのだが、生憎《あいにく》と俺は仕事が少しあったので、ローリエを二人に任せて一人寂しく仕事に戻っていた。

今頃孫とゆっくりお茶を楽しんでいるであろう父上と母上を羨《うらや》ましく思う。

まあ、早く終わらせて合流すればいいだろうと気合いをいれて仕事に取り組んでいると、不意にドアをノックする音と共に知っている声が聞こえてきた。

「カリス。今大丈夫か？」

「父上？　どうぞ」

了承を得て入ってきたのは父上だった。

今頃ローリエとお茶をしていると思っていたが……。

「どうかなさいましたか？」

「あ、ああ。いやな……少しあの場にいづらくてな」

「あの場……ローリエと母上とのお茶ですか？」

「ああ。リシャーナがローリエを可愛がりすぎて少しな……」

どうやら父上は母上が孫を溺愛《できあい》する様子を見てなんとなくいづらくなったようだ。

確かに客観的に溺愛する人を見れば、居心地が悪くなる気持ちはわからなくもない。

え？　普段二人を溺愛している俺が言っても説得力ないって？

それはほら……二人が可愛いから仕方ないでしょ。

嫁と娘を可愛がるのは夫と父親として当然だしね！

そんなことは口には出さずに俺は父上に苦笑気味に言った。

「母上がローリエをあそこまで可愛がるのは私としても想定外でした」

「リシャーナは子供が好きだからな」

「私にはあまり記憶にないのですが……父上にも二人きりのときはあれぐらいの愛情表現をするのですか？」

そう聞くと父上は少し気まずそうに言った。

「……あれでもまだ序《じょ》の口《くち》だろう」

「なるほど。お二人の仲がよろしくて息子として嬉しい限りです」

なんとなく母上が父上と二人きりになると甘えた様子が見えた。

これはきっと俺……というか、カリスさんは母親の血をそれなりに濃く継いでいるのだろうと思いそう言うと、父上は驚いた表情を浮かべていた。

「どうかなさいましたか？」

「いや……本当に変わったな」

「そうですか？」

「ああ。なんというか……以前よりも柔らかくなったように思う。私やリシャーナへの態度もだが、全体的な意味でだ」

柔らかくか。

確かに、つんけんしていた時期が長いカリスさんだからね。

デレ期というやつでしょうか？

オッサンのデレ期とか誰得だよとは思うが……まあ、中身が変わったから仕方ない。

「それに……てっきり私とリシャーナはお前に嫌われていると思っていたからな。そんな風に優しい表情を向けられるとは思わなかった」

「……お二人を嫌いになったことなどありませんよ」

まあ、カリスさんは両親に対してもかなり尖《とが》って接していたのは確かだ。

しかし、心から嫌いではなかったようだ。

接し方がわからないというか……今の目の前の父上のように不器用な方法での接し方しかできなかったのだろう。

事実として父上のことをカリスさんは尊敬していたし、母上にしても生んでくれたことに感謝をしているようだったしね。

そんな俺の言葉に父上はどこか嬉しそうに表情を緩めて言った。

「そうか……仕事の邪魔をして悪かった。たまには親子で酒を飲みたいのだが……付き合ってくれるか？」

「もちろんです。ローリエのことをよろしくお願いします」

そう言伝えると父上は部屋を出ていった。

心なしか、その背中は少し嬉しそうに見えた。

❊

……失敗した。

まさにその表現がふさわしい状況に現在俺は追いやられている。

「だからぁ……聞いてるのかぁ、カリスぅ……私はなあ……」

「はいはい。父上。ちゃんと聞いてますよ」

目の前にはいつもの毅然《きぜん》とした父上や驚いたような表情の父上とは別種の存在にしか見えないほどに出来上がってしまっている父上の姿が。

まだほんの数杯しか飲んでないのにかなり酒に酔《よ》っていた。

どうやらかなり酒に弱いらしい父上。

最初は気のせいかと思ったんだけど、気がつけば酔っぱらい特有の面倒くさいテンションになっていたので、俺は父上と酒を飲んだことを早々に後悔《こうかい》していた。

「お前のことを相談するたびにリシャーナに慰《なぐさ》められる日々……うぅ……ローリエが生まれた時には私は本当に涙がでそうになったぞ」

「そうなんですか」

この脈絡《みゃくらく》もない話は何度目だろうか。

酔っているから話が支離滅裂《しりめつれつ》だが、要約するといつも俺のことを母上に相談すると強制的に甘い展開になり、色んな意味で大変だったということらしい。

あとは、まあ、孫であるローリエが生まれた時にはそれはそれは表情では毅然としていたが、内心ではかなり涙ものだったということに要約されていた。

特に母上との甘い話をするときの父上はどこか遠くを見つめるような哀愁《あいしゅう》に満ちた表情を浮かべており、少し可哀想になった。

とはいえ、嫁から愛されることはいいことなので深くは言うまい。

俺もいっそのことサーシャから嫌になるほどに愛されてみたいものだ。

もちろん今でもかなり愛されているとは思うが、どうやら俺の愛情が重すぎるせいかサーシャからの好意が見えづらくなってしまっているのが自分でも手に取るようにわかる。

多分他者から見たら俺はかなり重い男でサーシャは犠牲者に見えるのだろうが……まあ、でもサーシャもわりと依存心が強い傾向にあるので丁度いいのだろう。

「うぅ……頭痛い……」

「大丈夫ですか父上？」

そんな風に考えていたらいつの間にやら酔いが軽くさめたのかダルそうにしている父上。

うん、いるよねたまに。

すぐに酔うけど酔いからさめるのも早い人。

そんなことを思いつつ俺は水を差し出して言った。

「父上は、あまりお酒は強くないのですね」

「……これでも昔はそこそこ飲めたのだがな。ありがとう」

「いえいえ」

俺の差し出した水を飲んで一息つく父上。

しばらくして父上はグラスを眺《なが》めながらポツリと呟《つぶや》いた。

「ローリエが生まれてからもう五年も経つのか……」

「そうなりますね」

「先程あの子と二人で話した時に驚いたよ。あの年であそこまで知的なことにもそうだが、何よりも幸せそうな表情を見てな……」

「幸せそうですか？」

知的なところは確かに俺もかなり驚いてはいる。

リアルに子供の成長を見られる親からしてもローリエは年齢の割にはかなり頭の回転が速いことは色んなことからわかっている。

きっとあの子の場合は生まれてきた環境のせいで賢《かしこ》くならざるを得なかったのだろうけど、それを思うと少し心が痛む。

まあ、それはこれから変えていけるのでそこは放置してもう片方の言葉に首を傾げた。

「ああ。あの子がお前のことを語る姿が凄く嬉しそうに見えてな……あんなに幸せそうな表情を孫がすることに私は嬉しくなったよ」

「そうですか……」

二人きりの時にローリエが父上にどんな話をしたのかは不明だが、嬉しそうに俺のことを話す姿というのは想像するだけでもかなり萌えるものがある。

よし、明日はあさイチで抱きしめよう。

いなくても愛しい娘にほっこりしていると、父上はどこか上機嫌に言った。

「あれなら将来は王族に嫁《とつ》いで王妃だってこなせるだろ……か、カリス？」

父上の言葉が途中で疑問に変わったのはきっと俺の表情を見たからだろう。

酒のせいもあるが、この場には父上しかいないので、ローリエが嫁ぐと聞いて俺の顔は般若《はんにゃ》のようになってしまっていた。

「父上。まさかとは思いますが父上にローリエ宛に縁談《えんだん》が来ていてそれを受けた……なんてことありませんよね？」

「も、もちろんだ。似たような話がなくもないが……」

「あるのですか？」

「そ、それは……」

きっと俺は今、前のカリスさんでも向けたことがないくらいに刺々《とげとげ》しい視線を父上に向けているのだろう。

親孝行《おやこうこう》の飲みのつもりが父上のうっかりの一言で尋問《じんもん》に切り替わって父上は大層顔を青くしていたが……やがてポツリと答えた。

「その……懇意《こんい》にしているマテール公爵家と、ビクテール侯爵家……あとは、他国の知り合いの貴族にも少なからず似たような話をされたことはある。も、もちろん話だけだ！正式なものではないし、どの家もローリエと釣り合う年齢の子供は少ないから基本的には問題ないだろう」

「本当ですね？」

「あ、ああ。間違いない」

「ならいいです」

そうして飲みを続けるが……その後はローリエが嫁ぐなどという話題には一切触れなかったのは父上の懸命《けんめい》な判断なのだろう。

❋

「サーシャ、久しぶりね」

「このような形でお迎えして申し訳ありません。お久しぶりです、お義母様」

私の体調が安定していたその日、私はお義母様にローリエが生まれた時以来になる挨拶をしました。

旦那様の子供を再びこの身に宿せて、凄く幸せですが、こうして体調のせいで義父母への挨拶が遅れたのは申し訳なかったです。

そんな私に、お義母様は穏やかに言いました。

「妊娠は個人差があるのだし、気にしないで。私もつわりが重かったし」

「そう言って頂けると……」

「それにしても……カリスったら、過保護ね」

ちらりと室内を見てそう言われてしまいますが、確かに旦那様は凄くお優しいです。

私のために色々と効果のありそうなものを持ってきてくださったり、部屋も私が落ち着くようにと色々といじってくださいました。

その旦那様の優しさだけで、前よりも凄く満たされています。

「あの子に何があったのかは知らないけど、私に似て惚《ほ》れたら一直線なのには驚かされたわ。それに意外と人使いが荒いのもね」

「そういえば、お義父様はどちらに？」

「カリスの仕事に付いて行ったわ。王都にいるうちに色々とうちの旦那様の伝手《つて》を探るようね。どんな用事で動いてるのか知らないけど、息子に頼られたって、うちの旦那様はやる気満々よ」

お義父様も旦那様に似てお優しい方なのでしょう。

その話をしているお義母様もどこか楽しそうでした。

「ローリエも元気に育って良かったわ」

「そうですね……本当に優しい子に育ってくれました」

旦那様に振り向いてもらいたくて、私はあの子のことをちゃんと見てあげられませんでした。

母親失格だと思います。

そんな私を許してくれて、慕《した》ってくれるあの子を今度こそちゃんと見たい。

あの子が幸せになるのを旦那様の隣で見守りたい。

それが、今の私の正直な気持ちです。

「やっぱり母娘《おやこ》ね」

そんな私の言葉にどこか微笑ましそうにするお義母様。

「ローリエは、今凄く幸せだと言ってたわ。大好きなお父様とお母様が仲良くなって、沢山話せて、褒めてくれる。だから、いつかは自分も二人のように優しい人になりたいそうよ」

「ローリエがそんなことを……」

そんな風に思ってくれていたとは、少しビックリしました。

「子供は親が思うよりも早く成長するのよねぇ。まあ、私はカリスに母親として、あまり良くしてあげられた記憶はないけど、それでもあの子が昔のトラウマを乗り越えて、あなたとローリエと家族になれたのは本当に良かったと思うのよ」

そう言ってから、お義母様は私の目を真っ直ぐに見ると、優しい声で私に言いました。

「カリスにはあなたが必要なの。だから……これからもカリスのことよろしくね」

「……はい、ふつつかな妻ですが、精一杯旦那様の隣でお支え致します」

何があっても、私は――旦那様と共にこの先を歩みます。

それは、ずっとずっと前から……私が旦那様に片想いしてた時から決めていたことです。

だから、私は絶対に旦那様から離れません。

病める時も健やかなる時も、神様に誓って絶対です。

「ふふ、じゃあ早速最近のカリスの様子を聞かせて貰おうかしら。ローリエにも聞いたのだけど、家族の時間と夫婦の時間は別物ですもの。サーシャにはカリスがどんな風に見えているのか聞かせて貰いたいわ」

「わ、分かりました……」

少し恥ずかしいですが、私はお義母様に旦那様の素敵なところや、カッコよかったところを話します。

沢山あるので、全ては言えませんが……人に話すのも悪くないと思えました。

ただ、私と旦那様の二人だけの秘密にしたいことは話しませんでした。

独占欲というのでしょうか？

私だけが知ってる旦那様の一面というだけで、なんだかとても幸せです。

私は旦那様に関しては、少し我《わ》が儘《まま》なのかもしれないと思いました。
旦那様も同じ気持ちだと嬉しいなぁ。
なんて……えへへ……。

第六章　時にはバイオレンス

「旦那様、付き合わせてすみません」

「いや、構わないよ。たまには友人にも会いたいだろうからね」

それはサーシャの体調が安定してきた頃のこと。

気分転換に友人からの招待を受けたサーシャの護衛として俺は一緒に道中を共にしていた。

仕事があるにはあったが……物凄《ものすご》く嫌な胸騒《むなさわ》ぎがしたので無理をしてついてきた。

まあ、護衛の質はめちゃくちゃ高いが、時期的にそろそろだったような気がしたしね。

「それに、私の可愛《かわい》いサーシャと少しでも長く共にいたいからね」

「はう……」

照れ照れになっているサーシャを愛《め》でていると馬車が急に止まり外が騒がしくなる。

襲撃《しゅうげき》を受けたのだろう。

賊《ぞく》による襲撃。

あの転生お姫様の情報通りだった訳だ。

予想通りの展開にため息をつきたくなるが、可愛いサーシャが不安そうにしていたのでイケメンカリスさんスマイル全開で言った。

「少し外を見てくる。大丈夫だよ、サーシャは私が守るからね」

「旦那様……でも、私は旦那様にも危ない目にあってほしくないです」

なんとも健気《けなげ》な台詞《せりふ》に内心悶《もだ》えてしまう。

俺は、ゆっくりと痛くないようにサーシャを抱きしめてから耳元で囁《ささや》くように言った。

「大丈夫だよ。でも心配だったら後でご褒美《ほうび》が欲しいかな。サーシャからキスして欲しい。それがあれば私は頑張れるから」

真っ赤になるサーシャがこくりと頷《うなず》いたのを見てから、サーシャのことは侍女《じじょ》に任せて外に出る。

すると、既《すで》に取り押さえられている複数の男達の姿が。

この馬車を襲撃してきたと思われる賊がそこにはいた。

本当に予想通りなのでため息を漏らしてから、近くのリーダーらしき男の髪を掴《つか》んで聞いた。

「誰の命令だ？」

「……教えると思うのか？」

「まあ、ここで言っても言わなくてもお前らはまとめて始末するが……どうせなら俺の理不尽な怒りをお前にぶつけることにしよう」

そう言ってから地面に男の顔面を何度か叩きつける。

石もあるので結構痛いだろうけどこれはある意味ストレス発散なので我慢《がまん》して貰おう。

何故《なぜ》こんな襲撃があったのか。

恐らくこれは乙女ゲームの裏側の事情というものだろう。

攻略対象は全部で五人。

そのうちローリエが関与するのは王子と義弟《おとうと》くんのルートなのだが……俺はてっきり攻略対象の義弟くんは他所《よそ》から養子として迎えるのだと思っていた。

しかし、先日姫様と不本意にも会った際に、それが違うことが明らかになったのだ。

どうもストーリー的にはサーシャは本来このくらいの時期に賊に襲われて死を迎えていたようなのだ。

そして後妻となった女の子供が義弟くんらしい。

まあ、要するに俺は下手したら大切なサーシャを亡《うしな》っていたかもしれないのだ。

本当に胸糞《むなくそ》悪いが……あの王女様のお陰で気づけたのは感謝しないとな。

まあ、それがなくてもサーシャとローリエの外出には細心の注意を払っているので問題はないだろうが……一応感謝はしておく。

「カリス様。この者達は如何《いかが》なさいますか？」

「全員尋問にかけてアジトの所在を吐かせろ。多少手荒でも構わん」

「畏《かしこ》まりました」

とりあえずストレス発散は軽くできたので気持ちを切り替える。

サーシャを襲った賊はこの後壊滅《かいめつ》させるとして……とりあえずこれでサーシャが死んで後妻を迎えるなんて最悪な結末は回避できただろう。

油断は禁物だが襲ってきそうな連中の目星もついているのでさほど問題にはならないだろう。

「サーシャの送り迎えを終えたら、私が直《じか》に出向く。準備をしといてくれ」

そう言って表情を優しいカリスさんに戻してから馬車に戻る。

「待たせてすまない。じゃあ行こうか」

「だ、旦那様。ご無事で良かったです」

心底ほっとしているサーシャ。

やば、めっちゃ可愛い……。

不謹慎《ふきんしん》だけどこんな風に心配してくれるサーシャも可愛くて仕方ない。

こんなに可愛い人を亡うとか怖くて怖くて仕方ないが……本当に守れて良かった。

そう思ってそっとサーシャの瞳《ひとみ》に溜まっている涙を掬《すく》うと微笑《ほほえ》んで言った。

「心配かけてすまないね。もう大丈夫だ」

「なら良かったです……旦那様がご無事なら私はそれだけで十分です」

……あぁ、ヤバいヤバい！

なんなのこの可愛い生き物は。

俺の嫁ですが何か？

そんな感じでサーシャの無事を喜びながらサーシャを送り届けるのだった。

❋

「ば、馬鹿な……全滅だと⁉」

「は。どうやら行かせた連中は皆、公爵《こうしゃく》の手の者に捕らえられたそうです」

近くまでくるとそんな会話が聞こえてきたので足を止める。

場所は俺達を襲《おそ》った盗賊団《とうぞくだん》のアジトの最深部の近く。

道中の賊は俺が一人で鎮圧《ちんあつ》して事後処理のためだけに人手を連れてきたのだが……正直話にならないくらい弱い。

こんなに弱い奴等《やつら》にやられるほどのザルな警備だった前のカリスさんが恥ずかしくなってくるよ。

こいつらが何をしていても、俺達に危害がなければスルーするつもりだった。

しかし、俺の大切なものを奪おうとした事実は変わらない。

恨《うら》むなら乙女ゲームのストーリーと、こんなくだらない依頼をした依頼主を恨めよと思いながら声をかけた。

「初めまして盗賊の皆さん」

その声に反応して室内の賊が全員俺に刃《やいば》を向けてくる。

リーダーらしき男は訝《いぶか》しげに聞いてきた。

「何者だ？　というかどうやって入り込んだ？」

「普通に入り口から。お仲間はとっくにやられてここに残ってるのが最後ですね」

「そ、そんな馬鹿な！　何人いると思ってるんだ⁉」

「ざっと百五十人は倒しましたかね。本当は皆殺しにしたいくらいですが汚れた手で妻と娘に触れたくないのでね」

別に人を殺すこと自体に躊躇《ためら》いはない。

しかし、サーシャとローリエに触れる時に汚い雑菌が混ざるのはよろしくないしね。

そんな風に話していると突然近くの賊が俺に斬りかかってきたので避けてから峰打《みねう》ちで気絶させる。

「この！」

「やろう！」

それを見てから二人が襲いかかってくるが、カリスさんの敵ではないので同じ要領で片付ける。

我ながらこれで現役時代より衰《おとろ》えているというのだから馬鹿げているが……まあ、それでも守る力があるのは助かる。

「な、なんだお前は！　何故俺達を襲う!?」

「はぁ？」

何故だと？

そんなの決まってるだろうが。

お前らが俺の可愛いサーシャを狙ったこと以外に説明はいらないだろう。

殺気を出しつつもそれを口には出さない。

こいつらにサーシャの名前を出すのなんて絶対に嫌だ。

サーシャを汚《けが》されたくないし、討ち漏らした場合に逆恨《さかうら》みされても困るからね。

まあ、外には俺の屋敷の人間を連れてきてるから、討ち漏らしはないだろうけどね。

「さて、残りは九人。手っ取り早く終わらせたいんだけど……降伏してくれるかな？　まあ、しても結果は変わらないけど少なくともここで痛い思いはしないで済むと思うよ？」

その言葉に苛立《いらだ》ったのか三人が襲ってきたので、俺は全員を同じ要領で、気絶させるこ

とにした。

本当はもっと痛めつけたいくらいにはムカついているけど……後でどうせ尋問するし、アホらしいのでやめとく。

「なんだ……なんだお前は⁉」

「ただの可愛い妻子持ちのおっさんだよ」

最後にリーダーを気絶させてから、全員を運び出す。

あっけないが、襲ってきた盗賊はこれにて全滅。

情報からして、壊滅は間違いないだろう。

一仕事終わってほっとしていると、何故か呼んでないはずの人物を発見する。

我が家の執事長のジークだ。

「来ていたのかジーク」

「カリス様、あまりご無理はしないでください……とも言えませんねこれでは」

室内の惨状《さんじょう》を見てそんなことを言うので俺はため息混じりに言った。

「全く……妻と娘との時間を削ってまで慣れないことはするものではないな」

「私としては騎士団の頃のカリス様に戻られたのではないかと心配しましたよ。お顔も強《こわ》ばっておりますし」

「マジか」

言われてから触って確かにえらく険しい顔をしていたようだと気付く。

これでサーシャとローリエに会う訳にはいかないし帰りの馬車でなんとか表情筋を戻そうと思っているとジークは言った。

「お嬢様も奥様も心配なさっておりましたよ。後できちんと謝っておいてくださいね」

「そうするさ。流石《さすが》に二人に心配をかけすぎた」

結構派手に動いたが二人はまだ詳細は知らないはず。

とはいえ、俺の様子で何かを察している可能性はそこそこ高い。

そうでなくても何かを感じてそうなので後できちんとフォローしようと決意する。

まあ、これでとりあえず盗賊狩りは終わりだし、サーシャの死亡フラグはほとんど消えただろう。

残りはローリエのフラグをへし折っていかないとと、気合いを入れるのだった。

❋

「おとうさま！」

屋敷に帰るとローリエが出迎えてくれた。

無邪気にこちらに抱っこを要求してくるローリエ。

それだけで俺は、先ほどまでの一連の出来事を忘れて思わず表情が緩《ゆる》みそうになる。

緩みきらない範囲で表情を優しくしてから、俺はローリエを抱き上げた。

「ただいまローリエ」

「おかえりなさい、おとうさま！」

ニコニコ顔でそう言ってくる我が家のエンジェル。

うん！　やっぱりうちの娘が可愛すぎる！

まあ、もちろんそんなことは口にはせず、表情もあくまで穏やかに抑えて俺はローリエに聞いた。

「ずいぶんタイミングがよかったけど……もしかして待っていてくれたのかな？」

「はい！　おとうさまにはやくあいたくて……だめだった？」

ごふ！

吐血しそうになるくらいに強烈な一撃が俺に突き刺さる。

先ほどの賊との戦闘《せんとう》ではかすり傷ひとつつかなかったのに、幼い我が愛《いと》しの娘の言葉にこれほどまでにやられるとは……。

やっぱりローリエとサーシャは俺を萌え殺す術《すべ》を自然体で身につけておいでか！

「さて、とりあえず私はサーシャに帰還の報告をするから行くが……ローリエはどうする？」

「おとうさまといっしょがいいです！」

「そうか……じゃあ、このまま抱っこして行くけどいいかな？」

「はい！」

満開の笑顔。

あぁ……この笑顔を見られただけでも今日一日の疲れが無駄じゃなかったと思えるよ……。

もうね、サーシャとローリエだけが俺の心を浄化してくれる存在なんだよね。

天使や女神じゃ物足りないこの気持ちをどうにか言葉にしたいが、俺の語彙力《ごいりょく》では絶対に表現できないのが悔しいところだ。

うん、俺は絶対小説家にはなれないという確信があるよ。

何を書いてもサーシャとローリエに結びついてしまいそうだしね。

現に今も抱っこしてるローリエが本当に可愛くて仕方ない。

「えへへ……おとうさま、すりすり」

ふぁ。

見ましたか！

俺に可愛らしく頬擦《ほおず》りしてくる愛娘《まなむすめ》の姿を！

なんかこう……控えめながらもこうしてスキンシップしてくる愛娘が本気で可愛くて仕

方ないよ。

いや、マジで。

前なら遠慮してしなかっただろうけど、ここ最近になって一気に縮まった距離に嬉しくなる。

そんな風に可愛すぎる娘を抱っこしながら俺は愛する妻がいるであろう部屋へと向かったのだった。

やはり俺のオアシスは娘と嫁だけだな！

「あら？　帰っていたのね」

ローリエを抱っこしながら、サーシャの部屋の前に着くと同時に丁度部屋から出てきたのは母上だった。

すっかり孫娘のローリエが気に入ったのか、サーシャのフォローという名目《めいもく》で最近ちょくちょく来るようになったのだ。

まあ、男の俺では難しい部分のフォローは正直助かる。

だから素直に受け入れているが……来すぎな気もしなくはない。

別にいいけど。

「母上。サーシャは起きていますか？」

「おばあさま！　こんにちは！」

俺に抱っこされているローリエが元気に挨拶《あいさつ》をする。

そんな可愛らしい孫に笑顔を向けてから母上は言った。

「サーシャなら起きてるわよ。あなたの帰りを待ちわびていたから早く行きなさい」

「そうします」

そう言って俺はローリエを抱っこしたまま部屋に入ろうとするが——その前に母上がこちらに手を出してきたことに気がついて首を傾《かし》げた。

「その手はなんでしょうか？　残念ながらお土産《みやげ》はありませんよ？」

「ふふ、そんな期待はしてないわよ。私は可愛い孫を貸してほしいのよ」

なるほど、ローリエ狙いか。

にしても本当に母上は、ものすごくローリエが気に入ったみたいだな。

俺としても可愛い愛娘を簡単に渡すのは抵抗があったので、少しだけ抗議してみた。

「本日の疲れを癒《いや》すために娘成分を補給したいのですが……」

「後になさい。私はこれからローリエとお茶をしたいのよ」

パチリと火花が散りそうになる。

娘と孫をかけて親子で熾烈《しれつ》な戦いが幕をあける——かと、思いきや、そんな争いを察してか、ローリエはおずおずと言葉を発していた。

「おとうさま……おばあさまとなかわるいの？」

その言葉に俺ははっとしてからローリエを見る。

ローリエが少しだけ困ったような表情をしていたのをみてから、己の迂闊《うかつ》さを呪いたくなった。

ローリエには冗談でもこの手の争い的な展開は見せるべきではなかったと思い、俺は仕方なく自分から白旗をあげることにした。

「ローリエ……すまないが、お祖母《ばあ》様とお茶をして待っていてくれるかな？　私も後から合流するから」

よろしいですよね？

というアイコンタクトを母上に送ると、母上はそれに頷いてからこちらに手を伸ばして言った。

「さあ、ローリエ。お祖母様と一緒に待っていましょうね」

「……うん」

俺の手からローリエが母上の方に移動するが、どこか少し寂しそうな表情に一瞬見えた。

俺はそんなローリエの頭を撫《な》でてから微笑んで言った。

「心配しなくても、サーシャ……お母様と話してからすぐに行くから、それまでお祖母様と色々話すといい」

「……はい！」

天使のような笑み。

こんなに聞き分けがよくて、天使のような微笑みを浮かべるローリエを見てるとやはり疲れが吹き飛ぶなぁ。

そんなことを思いつつ、俺は母上にローリエを任せてからサーシャの部屋に入ったのだった。

「お帰りなさいませ、旦那様」

友人の招待でお茶に出かけて、その途中で襲撃があったが、その後も問題なく屋敷に帰ってきた。

なお、余談だが、サーシャを屋敷に送り届けてから、俺は盗賊を壊滅させたのだが、それまでに三時間もかかってなかったりする。

妻と娘に早く会いたかったし頑張ったよ。

まあ、そんな丈夫な俺とは違い繊細なのがサーシャである。

久しぶりに出かけて疲れたのか、帰り際体調が悪そうに見えたのだが……少し休めて落ち着いたのか、愛しの妻は俺を笑顔で出迎えてくれた。

うん、これだよこれ。この笑顔を見たかったんだ……！

内心でその笑顔に悶えつつ表情はあくまで優しく、紳士なカリスさんで俺はサーシャに近づいた。

「ただいま、サーシャ。体調は大丈夫かい？」

「はい、今は大丈夫です」

「そうか……良かったよ」

そうは言いつつも俺は少しサーシャを観察してみる。

俺の愛しの嫁はいつも我慢してしまうことがあるので、常日頃からの観察が何よりも重要なのだ。

そんな風にじーっとサーシャを見つめていると、サーシャはその視線を受けて少し恥ずかしそうに言った。

「あ、あの……旦那様。そんなに見つめられると、その……」

「ん？　ああ、すまない。可愛い嫁の顔を見たくてついね」

「か、可愛いって……」

照れくさそうに微笑むサーシャ。

やっべーよ……可愛すぎるんだけど。

俺の心に刺さっていた刺《とげ》が浄化されるような可愛い反応をする嫁。

うん、やっぱりこれこそ俺の守りたかったものなんだと改めて実感する。

そんな風に照れていたサーシャだったが、ふと、こちらを見てから何かに気づいたように言った。

「あの、旦那様……何かありましたか？」

「うん？　何かって？」

「あ、あの……私の思い違いならすみません。けど、なんだか旦那様の表情が少しいつもより疲れているように見えたので……」

その言葉に俺は少なからず驚いてしまった。

完璧にいつものカリスさんの表情を保てていたはずなのに、内心の疲れを言い当てられるとは……。

「そう見えるかい？」

無論、肉体的な疲労はほぼないが、確かに少し精神は疲れていたかもしれない。

「はい……あの、もしかしてまた私かローリエのためにご無理をなさったのですか？」

「無理って……私は二人のために無理なことは何一つしてないよ」

とはいえ、疲れていることを見透かされたので俺は今日の出来事をかいつまんでサーシャに話した。

まあ、もちろん乙女ゲー関連のことは口にはしなかったけどね。

あとサーシャが心配するようなことは話さずに、俺はあくまで何人かで悪い連中を片してきたと説明することにした。

一人で百五十人以上倒したなんて、口が裂《さ》けても言えないだろう。

そうして一通り話が終わるとサーシャは俺の手を握って優しく撫でながら言った。

「旦那様……私は私やローリエのために一生懸命になってくださる旦那様のことが大好きです。でも、無理はしないでください。もし旦那様がいなくなったらと考えたら私……私は……」

悲しげな表情を浮かべるサーシャ。

俺はその表情を見て自分の愚《おろ》かさを呪った。

俺はサーシャとローリエにこんな顔をさせたくなくて行動することを選んだんだ。

それなのに、サーシャにこんな悲しそうな顔をさせるなんて……許されるはずがない。

二人には笑顔がよく似合うし、俺もそんな二人が見たいからだ。

俺はサーシャをゆっくりと苦しくないように抱き締めて言った。

「大丈夫……私はずっとサーシャの側《そば》にいるから」

「……本当ですか？」

「ああ。本当だ」

「私が……私が死ぬまで旦那様は側にいてくださいますか？」

「むしろ私はサーシャを手放すつもりはないから覚悟してくれ」

「旦那様……」

ぎゅっと抱きついてくるサーシャ。

その体は少し震えており、俺はそれを優しく抱き締めながら改めて二人を守ろうと強く誓ったのだった。

❄

しばらくするとサーシャは疲れたのか眠りについたので、俺はサーシャを優しくベッドに戻してから部屋をあとにした。

しかし……サーシャにあんな表情をさせてしまうなんて、本当に俺は愚かだ。

サーシャとローリエには笑っていてほしい。

その一心で色々と手をまわしたのに、その結果心配をかけてしまうなんてダメだな。

自己犠牲《じこぎせい》の精神と言えば人聞きはいいかもしれない。

けど、大切な人に心配をかけるというのは何よりも悪いことだ。

うん、反省反省。

そんなことを考えていると、いつの間にかローリエと母上がお茶をしている部屋に着いたので、俺は気持ちを切り替えて部屋に入った。

「あら？　思ったより時間掛かってたわね」

部屋に入ると優雅にお茶を飲む母上の姿。

流石貴族、物凄く優雅《ゆうが》な光景だが、俺のサーシャはこれよりもさらに神々《こうごう》しい。

例えるならそう、女神のようなお茶の嗜《たしな》みかたをしているからそれ自体は特に気にせず に俺は半眼で母上に言った。

「母上……その羨《うらや》ましい光景はなんですか？」

「羨ましいって何のことかしら？」

「その膝ですやすや寝ている俺の愛娘についてです」

そう、部屋に入ってからすぐに気づいた。

母上がローリエを膝枕しているのだ。

なんと羨ましい光景だろうと、俺は言うと母上はわざとらしく笑いながら言った。

「あらあら、カリスも膝枕して欲しいのかしら？　サーシャでは満足できずに母親に甘え るのはどうなのかしら」

「色々言いたいですが、少なくとも甘えるのはサーシャだけと決めているので違いますよ。 まったく、わかっていて言ってますよね？」

まあ、どちらかと言えば、俺はサーシャに甘えて欲しいので正確には少し違うかもしれ ないけど……うん、まあ、サーシャに甘えるのもありだな。

非常に心が躍《おど》るので、今度試してみよう。

そんなことを密かに決めていると、母上は少し真面目な表情になってから言った。

「まあ、これに関しては自業自得《じごうじとく》ね。半分くらいはあなたの責任だからとやかく言われることではないわね」

「私の？」

「ローリエ、朝からあなたの様子がおかしいって心配していたのよ。ずっと気にしていたのかあなたの無事の帰宅に安心してすぐに寝ちゃったのよ」

「それは……私の責任ですね」

ローリエにもそこまで心配をかけていたなんて……。

本当に俺はダメだな。

二人に心配かけて、サーシャにはあんな顔をさせてしまうなんて……今度からは二人に心配かけないようにさらに注意して行動するべきだろう。

うん、気を付けよう。

「母上、後で私のことを叩いてくれませんか」

「痛いのが好きならサーシャに叩いてもらいなさい」

「サーシャの手が傷つくのは嫌なのでそれはダメですね。それに、サーシャは優しすぎます。私を罰《ばつ》することなんてできないでしょうしね」

だからこそ、気持ちを切り替えるために、一度罰して貰いたいのだ。

サーシャやローリエは優しすぎて俺を罰することはできないだろうし、何よりもこれも俺の勝手なケジメというものなので、頼れるのは母上しかいないのだ。

そんな俺の言葉に母上はため息をついてから言った。

「わかったわ。ローリエとサーシャには内緒であなたを叱ってあげるわ」

「ありがとうございます……あと、もう少ししたらローリエの膝枕代わってくれませんか？」

「それは、嫌よ」

そんな感じで俺と母上は、ローリエが目を覚ますまで、静かにローリエを巡って争ったのだった。

第七章 守りたいものは

「おとうさまのおかしはいつもおいしいです」

クッキーを食べながらローリエが笑顔でそう言ってくれる。

可愛《かわい》い愛娘《まなむすめ》にお菓子を与えて喜ばれるのは父親冥利《みょうり》につきるが、人によってローリエの今後が心配になるかもしれないな。

え？

俺以外のお菓子を受け入れなくなる？

太るからダメ？

大丈夫だから！

しっかりとローリエにはダンスとか運動させているし、カロリー計算も大雑把《おおざっぱ》だけどしながら作ってるからね。

流石《さすが》に材料がまったく同じじゃないからきちんとカロリー計算はできてないけど、今のところローリエが太った様子はない。

むしろ前は痩《や》せすぎていたからより美少女、もとい美幼女になっていてお父さん嬉しいよ。

「ふふ、ローリエ。もう少し落ち着いて食べなさい」

そしてなんと、今日のお茶にはサーシャも参加している。

いわゆる安定期というやつだろうか？

お腹《なか》は大きくなって本当に俺の子供を身籠《みごも》っているのだなぁという感慨《かんがい》にふけってしまう。

ローリエの出産の時には俺はまだカリスさんの人格だったからね……無論、ローリエのことは本当の娘だと思っているけど、もっと早くに転生したかったと思うのも仕方ないだろう。

うん、前を向くべきだよね。

「本当にサーシャはお茶の飲み方にしても綺麗《きれい》だよね」

「そ、そうですか？」

「ああ。思わず見惚《みと》れてしまうよ」

そう言うとサーシャは顔を赤くしてしまう。

かれこれ半年以上の時が流れてもサーシャの初《うぶ》さ加減は限りを知らないようだった。

どれだけスキンシップに慣れてないとこんな風になるのだろうと思いつつも、俺はそれも大変可愛いと愛《め》でてしまう。

そんな風にサーシャとイチャイチャしようとしていると、少しローリエが拗《す》ねたように俺の方に寄ってきて言った。

「おとうさま。たべさせて」

「ん？　構わないよ。ほれ、あーん」

クッキーを取ってからローリエに食べさせる。

ローリエは俺があーんしたクッキーを食べてからにぱぁという笑みを浮かべて言った。

「おいしいです！　おとうさま！」

……天使すぎる！

ここ最近物凄《ものすご》く感じるけど、俺がサーシャばかり気にかけると少し拗ねてしまう時がある。

そう多くはないが、ローリエもまだまだ甘えたい盛りなのだろう。

そして、俺は最近ますますそれらを見抜けるようになってきた。

そういうのに俺が敏感《びんかん》だからというのもあるが、これまで我慢してきたローリエやサーシャにも変化が起きているからだろう。

きっと、心から信頼して貰えているのだろうと嬉しくはなるが……同時にこんな可愛い娘を将来嫁に出すと思うと複雑な心境になります。

ローリエの旦那探しは、あまり進展はない。

やっぱり本人が一緒にいて心から幸せだと言える相手で浮気せずに子供のことを真剣に考えられる男がいいと思う。

まあ、ローリエが女の子をパートナーに選んだら……うん、親としてできる限りの応援はしよう。

「ローリエ、私からも食べさせてあげますね」

「ありがとう、おかあさま！」

そんなことを考えていると、サーシャもローリエに食べさせてあげていた。

ああ、いいなぁ、凄くいい。

銀髪美人母娘《おやこ》のあーん……これが尊《とうと》さか。

今なら悟《さと》りが開けそうだ。

そんなことを思いつつ、俺にはサーシャの気持ちが手に取るように分かっていた。

そう……娘を微笑《ほほえ》ましく見守りつつも、俺から食べさせて貰えるローリエを少し羨《うらや》ましく思っていることも筒抜けだ。

「サーシャ。あーん」

「だ、旦那様？　あ、あの……」

「俺からのあーんは嫌かな？」

「そ、そんなことないです！　むしろ嬉しい……」

と、そこまで言ってから顔を覆《おお》うサーシャ。

恥ずかしいのだろうな、うん。

可愛すぎるぞ我が嫁よ！

そんな風に過ぎていく午後の一時《ひととき》。

意外と近くに次の厄介事《やっかいごと》が迫《せま》っているのに、呑気《のんき》なのはきっと二人を守ると決めたからだろうと思う今日この頃である。

❋

「招待状だと？」

「はい。どうやら国王陛下主催の小さなお茶会への招待状みたいです」

書類仕事をしている俺にそう報告してきたのは我が家の執事長ジークだ。

そして渡されたものを読むとどうやら嘘《うそ》ではなく、俺にローリエ、サーシャと家族全員に共にお茶会へ招待する内容が書かれていた。

しかし、それにしても……。

「よりによってこのタイミングか……」

サーシャは一応安定期に入ったとはいえ、長時間の外出はあまり喜ばしくない。

何かのトラブルでサーシャに負担がかかるようなことになっては困るが……果たしてどうするべきか。

「カリス様……まさか断るとは仰《おつしや》いませんよね？」

「ジーク、地味に心を読むのはやめなさい」

最近になりジークはどうやら俺の人格を把握したのか時々心を軽く読まれる時がある。

うん、地味に優秀なんだけどあんまり嬉しくない。

どうせならサーシャやローリエに心を読まれ……いや、それは逆にダメか。

俺の二人への愛情が二人に伝われば流石《さすが》にひかれるかもしれない。

いや、優しい二人ならあまり気にしないで受け入れてくれそうだし、ローリエはまあ笑顔で、サーシャは照れそうでそれはそれでいいが、うむ……。

などと脱線しそうになる思考を無理やり戻して俺は答えた。

「サーシャの体調次第だな。それにサーシャとローリエが嫌なら断るつもりだ」

「へ、陛下主催のお茶会をですか!?」

「陛下ならこの程度のことで無礼とは言わんさ。まあ他の貴族はうるさいだろうが……それは俺がなんとかするから問題はない」

基本的に俺の第一優先は家族だ。

国は二の次。

確かに次の世代により良きものを残すことも大切なことだが、それ以前に目先の幸せを逃すようなことはしたくないのだ。

先ばかり見て目の前の物事をスルーしてはもったいない。

貴族としてはあまり褒められた考え方ではないが、俺としては自分の大切なものを守れないなら貴族なんて肩書き不要だとも思っている。

もしこの国が乙女ゲームの強制力とかでローリエやサーシャを不幸にするなら剣を手に二人を連れて旅をする意思もある。

まあ非常用としてその手のルートも確保しているし、使用人にももしもの際の話はしてあるので大丈夫だろう。

それに国王陛下主催のお茶会をスルーするのは確かに不敬だが、陛下はその程度のことで怒りをみせるような人間ではないので大丈夫だろう。

まあ、他の貴族連中がそのことを知ったら攻撃材料にしてこちらを叩いてきそうだが……それはそれで手の打ちようもあるのでまったく問題はない。

まあ、なんにしても……。

「サーシャとローリエにまず相談だな」

二人のことだから嫌でも頷《うなず》いてくれそうだが……そこは俺が本心をちゃんと聞けばいい

ので問題ないだろう。

俺は一度仕事を切り上げて部屋を後にしたのだった。

「お茶会……ですか？」

キョトンと首を傾《かし》げるサーシャ。

そんな表情も可愛いと思いつつ俺はイケメンカリスさんの笑顔で言った。

「国王陛下主催の小さなお茶会だそうだ。私とローリエ、サーシャの三人に招待が来ている」

「陛下がお茶会ですか……なんだか意外ですね」

「まあ、私もそう思うが……おそらく王妃様かセレナ様辺りから何か言われたのだろうね」

国王陛下はかなり忙しい方なのだが、そんな人がお茶会をやるとなるとそれなりに目的があるのだろう。

……うん、もうね、嫌な予感が強くあるよね。

サーシャには王妃様かセレナ様が発起人《ほっきにん》かもとは言ったけど、だとしても俺達を呼ぶからには何かしらの目的があると考えるべきだろう。

例えばローリエの婚約者に王子、とかね。

いや、だとしても俺はローリエが嫌なら断るけどね。

ローリエと年が近い王子だときっと前に会った攻略対象のあの子なんだろうけど……確かに悪い子ではなさそうなんだが、将来ローリエの障害になるなら俺は彼を敵として見てしまうだろう。

まあ、まだそういう話だと決まったわけでも、彼が将来クズ王子になると決まったわけでもないので杞憂《きゆう》かもしれない。

「それで、サーシャはどうしたいか聞こうと思ってね」

「どう……と言いますと？」

「このお茶会に参加するかどうかだよ。体調が悪かったり、気分が優れなかったら遠慮せずに断っても構わないからね」

「え？　で、でも……陛下からのご招待ですよね？」

「だとしても、私はサーシャが心配なんだよ。無理をしてしまうかもしれないからね」

そう言ってから、俺はサーシャの頬《ほお》に手を添えて驚くサーシャに言った。

「私の可愛い妻がまた無理をして倒れては、私は自分を一生許せなくなるからね。私の大好きな人には常に笑顔でいてほしいんだよ」

「だ、旦那様……!?　あ、あの……あのあの……」

ぷしゅーっと、煙《けむり》でも出そうなほどに顔を赤くしてあわあわするサーシャ。

……やべぇ！　可愛すぎる！

もうさ、サーシャさんってば天然で最高に可愛くて大好きです！

しばらく可愛くあわあわしていたサーシャだったが、少し落ち着いてからまだ赤い顔で言った。

「わ、私も出席します」

「本当に大丈夫かい？」

「はい。それに……お茶会には王妃様も出席するのですよね？」

「そのようだね」

「でしたらその……王妃様に、あの、えっと……わ、私と旦那様のことをその……報告したいなと……」

後半はぼそぼそとか細くなったが、俺にはしっかりと聞こえてきた。

確かに王妃様とサーシャは友人らしいし、久しぶりに会いたいというのもあるのだろう。

しかし、うぬぼれでなければこれって、俺とのラブラブっぷりを見せつけたいという意《い》図《と》もあるよね？

アカン、可愛すぎる。

よし、存分に見せつけよう。

結局、その後しばらく負担がかからない程度にサーシャとの時間を過ごした。

「おとうさま！」

扉をオープンと同時に俺に突撃してきたローリエ。

俺はそれを受け止めるとそのまま抱っこして微笑んだ。

「ローリエ。今日も一日しっかりと学べたかな？」

「はい！　おとうさまもおしごとだいじょうぶですか？」

そんな心配をしてくれる愛娘。

この年にしてなんて気のきくいい子なのだろう。

俺は目頭が熱くなるのを抑えてイケメンカリスさんの表情で言った。

「大丈夫だよ。私は、お前やお母様に会えば疲れが吹き飛ぶからね」

「えへへ、そっかー」

その言葉に嬉しそうに微笑むローリエ。

ああ、やはり仕事の疲れを取るには嫁と娘の笑顔が一番だよね。

このスマイルのために生きている……プライスレス。

そんなことを思いつつ俺はしばらくローリエを抱っこして楽しむのだった。

「おとうさまとおかあさまとおちゃかいですか？」

しばらくして落ち着いてから俺はローリエにお茶会の件を話していた。

俺とサーシャも一緒に参加するお茶会だと伝えるとローリエは嬉しそうな笑顔で言った。

「おとうさまとおかあさまがいっしょはうれしいです！」

「そうか？　まあ、いつものお茶に陛下や王妃様、あとセレナ様達が一緒なだけだからあまり気負わなくていいからな」

我が家の執事のジークが聞いていたらまた呆《あき》れられそうなことを言っているが気にしない。

ローリエには単純に楽しんで欲しいのでそう言ったのだ。

多分というか、おそらくローリエ絡みでの話になりそうな気はするが、それは今本人に聞かせる必要はないだろう。

もちろんいつかは自分で判断して決断しなければいけない日がくるだろうが、今回の話はことによれば政略結婚になりかねない。

もちろん俺は政略結婚自体を否定する気はない。

家同士の繋《つな》がりで人脈を増やし家を繁栄させることは貴族としてとても大切なことなのはわかっている。

それでも一人の親としてせめてローリエ自身が幸せだと思える人と結ばれて欲しいのだ。

……まあ、若干父親として娘が嫁にいくのには少なからず抵抗があることにはあるがそれは一生表には出さないだろう。

それを見せて、今までローリエに見せてきた格好いい父親像を壊したくないからね。

「それで、どうかな？　一緒に行くかい？」

「はい！　あ、おとうさま。おねがいがあるのですが……」

「お願い？」

そう聞くとローリエは天使のようなスマイルで言った。

「おとうさまのおかしを、へいかやおうひさまにもたべてもらいたいのですが……だめですか？」

「ローリエの頼みを断るわけないだろ」

ポンポンと頭を撫《な》でて俺は笑顔で快諾《かいだく》する。

もちろん内面はローリエのあまりにも可愛い発言に大荒れになっていたのだが……それはローリエには見せずにローリエとサーシャのためにできる限りいいものを作ろうと決意するのだった。

❄

「しかし……三人でこうして出掛けるのは思ってみれば初めてかな？」

馬車の中にて、サーシャを隣で支えつつ、膝の上にローリエが乗っかるというなんともバランスが悪い状態で俺はそう呟《つぶや》く。

そんな俺の言葉にサーシャは微笑んで言った。

「はい。旦那様とローリエと一緒にこのように出掛けられて私は幸せです」

……健気《けなげ》すぎる！

なんなのサーシャさん。

俺をこれ以上悶《もだ》えさせてどうしたいの？

十分すぎる程に惚《ほ》れてるのに更に俺を悶えさせるとは……流石はサーシャさん。

そんな風に俺が内心で悶えているとローリエがふいに言った。

「おとうさま、さんにんじゃないです」

「ん？　侍女《じじょ》達のことかい？」

その言葉に首を振ってローリエはサーシャの腹部を指さして言った。

「わたしのきょうだいもいっしょ。だからさんにんじゃないです」

「なるほど……確かにそうだね」

俺としたことが大事な家族を放置するところだった。

危ない危ない。

俺は膝の上のローリエを撫でて言った。

「偉いな、ローリエ。早くもお姉ちゃんとしての自覚があるんだね」

「えへへ……」

頭を撫でると嬉しそうに笑う我が愛娘。

その可愛さに頬を緩めていると不意に右肩に柔らかな感触とそこからくるいい香りがした。

ちらりと見ればサーシャが俺に寄りかかっていた。

「旦那様……少し疲れたので肩を貸してください」

ふむ、これはあれだな。

この体勢での甘え方を考えて、思わず……そんな感じかな。

「喜んで。それにしても疲れたならサーシャも私の膝の上に乗るかい？」

「そ、それは……また今度、その……」

「うん、分かったよ」

最近は、自分から行動をしてくれるようになってきたサーシャ。

大人しめでもアクションがあるのは素晴らしいものだ。

俺を信じて甘えてくれるのは最高に嬉しいものだ。

とはいえ、まだまだ頻度《ひんど》は低いので、もっと甘えて欲しいところ。

具体的には今は、百回愛でてるとそのうち三回くらいの確率でこういう反応をしてくれるが、それが半分くらいまでは増えて欲しい。

無論、無理強い《むりじ》はしないけどね。

レア度の高いサーシャさんの姿はそれはそれでいい。

そんな風にしていると今度はローリエが俺の方に体重をかけてきて言った。

「おとうさま。せれなさまもいっしょにおちゃかいするんですよね？」

「ああ、そのはずだよ。ローリエはセレナ様と仲良く話していればいいさ」

「うん！」

意外と仲良しなのだろう。

まあ、俺はあまりあの王女様は得意じゃないのでできることなら話はしない方がいいだろう。

ローリエがセレナ様と仲良くしている間に俺は大人の話をつける。

サーシャにも負担をかけない。

今日の方針はそんなところだろうか？

そんな風に予定を立てつつ俺は二人を愛でながら馬車の旅を楽しむのだった。

❄

しばらくして城につくと、俺はサーシャの手をひいてゆっくりと庭園を目指す。

今日は天気がいいので外でやるというのを兵士に聞いたのだ。

「サーシャ、大丈夫かい？」

「はい。旦那様がゆっくり歩いてくださるので……」

「おかあさま、だいじょうぶ？」

「ええ。ありがとうローリエ」

俺とローリエが過保護なくらいサーシャに負担をかけないように安全に歩いていることをサーシャもわかっているのだろう。

嬉しそうに微笑んでくれる。

なんだか親子三人で並んで歩いてるだけなのに、少しだけ嬉しい気持ちになるのはやはり愛《いと》しい二人がいるからだろうか。

うん、そうに違いない。

そうしてサーシャとローリエと中庭に向かうと、そこにはすでに四人の人影があった。

一人はこの国の国王陛下。

そして第二王女のセレナ様とその隣に以前中庭で会った攻略対象の王子様。

セリュー様だったかな？

そしてセレナ様が成長したような美人さんがおり、こちらを見てから……フリーズした。

「陛下、遅くなり申し訳ありません。本日はご招待ありがとうございます」

「あ、ああ……よくぞ来られたなフォール公爵《こうしゃく》」

「王妃様もお元気そうでなによりです」

「フォール公爵もお元気……どころか様変わりされたようでなによりですわ」

この国の王妃であるレシリア様は、俺達三人の様子を見て何かを察したのかそう言った。

「ええ、これまでの愚かな行いを反省して今は全力で家族を大切にしております」

「そうですか……サーシャ、久しぶりですね。それとおめでとう」

「はい。レシリア様。色々ご心配ありがとうございます」

今のおめでとうはサーシャの妊娠についてなのか、それとも俺との関係改善に関してなのか――多分両方だろうと思いつつ俺は残る二人にも挨拶《あいさつ》をした。

「セレナ様、いつもローリエと仲良くしていただきありがとうございます。セリュー様とはきちんと挨拶をするのははじめてですね。フォール公爵家のカリス・フォールです。以後お見知りおきを」

「ごきげんようフォール公爵。ローリエさんは可愛いですから。ほらセリュー、あなたも隠れてないで挨拶なさい」

セレナ様にそう促《うなが》されて、セリュー様は俺を何度か見てから緊張したように言った。

「こ、こんにちはフォール公爵。第二王子のセリューです。あ、あの……いつぞやはありがとうございました！」

そう言ってから頭を下げるセリュー様。

なんとも誠実そうな感じがして好感がもてるが、これからどうなるかだよな。

それでも俺はそれを見てなるべく優しく微笑みながら言った。

「お気になさらず。困っている人がいれば助けるのは当然ですから。私の言葉でセリュー様のお心が少しでも晴れたならなによりです」

「は、はい！　僕、あれから僕にできることを探して、少しだけ前に進めた気がします」

「でしたらよかったです」

なにやらヒーローでも見るような目で俺を見るセリュー様に少しだけたじろぎそうになるが、ローリエとサーシャがいる前で格好悪いところは見せられない。

なんとか耐えて、笑顔で通す。

ちなみにセリュー様との話を聞いていたローリエは『よくわからないけどやっぱりお父様格好いい』みたいな眼差しを向けてきていたので悪い気はしなかった。

「そう、ローリエさんお姉さんになるのね」

「はい！」

「なら大きくなったらその子も一緒にお茶をしたいわね」

ローリエとセレナ様が仲良く話している。

あまり二人のお茶会には顔を出していなかったのでこうして普通に仲良くしている姿を見ると少しだけ安心する。

「本当に美味《おい》しいわね……サーシャは毎日これを食べられるのね。羨ましいわ」

「はい。旦那様のお菓子はとても美味しいですから」

「ふふ、本当に仲良くなったみたいで何よりだわ。愛されて幸せなのがすぐ分かるくらいにラブラブだし、これなら大丈夫そうね」

「はい……あの、色々とご心配おかけしました」

「いいのよ。大切な親友のためですもの」

「……ありがとうございます」

一方こちらはサーシャと王妃様の会話。

久しぶりに会った友達同士で仲良くしているのはいいが、少しだけ俺の中の独占欲が顔を出しそうになる。

もちろん、サーシャの幸せはバッチコーイなのだが、それでも親友にしか見られないサーシャの一面がありそうでついね。

まあ、口にはしないけどね。

何にしても、楽しそうだし良かった。

「しかし……貴公の持ってきたお菓子は美味《びみ》だな。甘いものを好かない私も美味しく食べられる」

「でしたら良かったです。セリュー様も遠慮《えんりょ》せず食べてください」

「は、はい！　美味しいです！」

そんで、こちらは残った男組。

なんとも華がないが女同士の仲が良すぎなのでこうしてゆっくりお茶をしている。

まだ陛下は本題を切り出す様子はないので俺はとりあえず聞いてみたいことを聞くことにした。

「陛下。陛下は子供の将来についてどう考えておられますか？」

「どうとは？」

「教育方針なんて大袈裟《おおげさ》なものではないですが、例えば自分の子供が将来的にどのような職につきたいかを明確に示した場合それを受け入れますか？」

「ふむ……難しいところだな。私はもちろんその子の意思を尊重《そんちょう》したいが国としてどうしても必要なら強制することもあるかもしれない」

流石は、王様というか、個人よりも国なのはらしいと言えばらしいか。

まあ、国民の命を預かってるのだし、王族としては正解だろうな。

「貴公ならどうなのだ？」

「私は王族ではありませんので、人並みの親の台詞《せりふ》しか言えませせよ」

「ほう、貴族としての台詞ではないのだな」

意外と鋭いところをついてくるな。

「ええ、陛下には悪いですが、今の私の最優先は家族ですので」

「では、家の繁栄には興味がないと？」

どこか試すような視線を向けてくる陛下。

空気の変化に気づいて、セリュー様が少し戸惑っているので、俺はセリュー様に軽く微笑むと、素直な気持ちを告げた。

「貴族としての役目は果たします。しかし、私が真に望むのは家族の幸せです。だから、必要以上に求めはしません。今はただ、少しでも明るい未来を、前途ある若者に残したい……それが全てです」

その言葉に、陛下はしばらく俺を見てから、俺の中の家族愛の片鱗《へんりん》でも見たのか、息を吐いて肩をすくめた。

「まあ、今の貴公はそうなのだろうな」

そう、苦笑する陛下。

そんな大人二人のやり取りを側《そば》で見ていたセリュー様は、何故《なぜ》か俺に滅茶苦茶キラキラした純粋な尊敬の眼差しを向けてきていた。

何故だろう、ゲームで攻略対象の好感度が上がった時の効果音が頭の中で響いたようなそれくらい好意的な視線を感じる。

……気のせいだよね？

「それにしても……随分と丸くなったな。フォール公爵」

「そうですか？」

「ああ。前の貴公はもっと剣のように尖《とが》っておったからな。周囲のものを全て切り裂くような鋭さがあった」

やはり前のカリスさんのことを知る人間にはかなり違って見えるのだろう。

「その剣を納めるための鞘《さや》を見つけたからでしょうか」

「貴公の奥方のことか？」

「そうですね……私にとって大切なものは家族です。それがわかったから前のような鋭さが消えたのかもしれません。陛下も何人か娶《めと》ってらっしゃるのでお分かりになりますよね？」

「うむ……私の場合は少し仕事に時間を費やしすぎてあまり構ってやれぬがな」

ハーレムというのも存外大変なのだろう。

まあ俺はサーシャ一人いれば十分なのでハーレムなんていらないけどね。

むしろサーシャ以外の女性を愛せる自信がないから俺にハーレムは無理だな。うん。

溺愛《できあい》上等、純愛ウェルカム。

「さて……セレナ、セリュー。良ければローリエ嬢を連れて庭園を案内してきなさい」

しばらくしてから陛下はそう言った。

本題に入るのだろう。

俺は、その言葉にローリエの方を向いて微笑みながら言った。

「ローリエ。ここの庭園は綺麗だから見てくるといいよ」

「おとうさまは？」

「一緒に行きたいけど、私は陛下とお話があるからね。セレナ様とセリュー様に色々と教わるといいよ」

「わかりました！」

そう言ってから三人は元気よく離れていく。

俺は娘を笑顔で見送ってから陛下に視線を向けて言った。

「さて、陛下。今回このお茶会に招待した目的を聞いてもよろしいですか？」

「ふむ、そうだな」

そう言ってから陛下は表情を少し引き締めて言った。

「今回貴公を呼んだのには理由がある。一つ目は我が国の内部調査だ」

「内部調査？」

「ああ、極秘裏に頼みたい」

おそらく俺に頼むということは貴族間の内部調査なのだろう。

しかし極秘裏にとは……。

ちらりと俺は周りを見渡してから陛下に聞いた。

「何故私に？　他にも陛下の信頼厚き者は多いでしょう」

「一つには貴公の爵位《しゃくい》と交友の幅の広さによるものが大きい。だが……一番の理由は貴公以外に信用できない状況だからだ」

「……陛下は何か掴《つか》んでいらっしゃるんですね？」

「ああ。私の独自の情報が確かなら宰相《さいしょう》であるグリーン公爵が他国に内通している可能性が高い」

その言葉に俺はため息をつきそうになる。

まさかのこの国の宰相が裏切りとは……。

「奴はいずれ時がくれば切り捨てればよい。問題は奴以外の者が他国に内通していないかどうかということと、奴の後釜《あとがま》だ」

「それで内部調査ですか。しかし私を信用してもよろしいのですか？　その理屈でいけば私も怪しいでしょう」

「うむ、だが今日の貴公の様子と、ここ最近の評判を鑑《かんが》みての決定だ。わざわざ貴公の奥方とローリエ嬢に来てもらったのもそのためだ」

なるほど……ローリエとサーシャを呼んだのは俺の普段の様子を見たいからか。

ここ最近、おそらくローリエからセレナ様経由で入ってくる情報が本当かどうかを見極めた上で陛下はそう判断したのだろう。

まあ、確かにローリエとサーシャが害されない限り俺はなるべくこの国に友好的ではあるつもりだが……。

「二つ目の用件は貴公に次の宰相を頼みたいのだ」

「私にですか？　流石にそれは……」

面倒すぎるので控えめにそう言うと陛下は何を勘違いしたのか頷いて言った。

「貴公の言いたいことはわかる。確かにフォール公爵家にこれ以上王族との繋がりを作るのは他の貴族からの反発があるかもしれない。だが、貴公以外に適任者がいないのだ」

「陛下……私の能力を評価していただけるのはとても光栄ですが、それはとても過分な評価です」

「謙遜《けんそん》するな。貴公のここ半年の実績は私としても高く評価しているのだ」

ここ半年？

もしかして俺がカリスさんになってからの領地の管理やら国の仕事に関する評価なのかな？

確かにカリスさんとは違うやり方でやっているが……そんなに変わったのかな？

思い当たるのは、カリスさんの頃の杜撰《ずさん》な管理から徹底したものに変えて、スラムをなくして働き口を増やして、孤児院への寄付に、町の整備にお金をかけて、それらを増税せずに上手くまわしてやったくらいだが……そこまで大きな変化とは言えないだろう。

俺が黙っていると陛下は苦笑気味に続けた。

「まあ、この件は後々ゆっくり決めてくれればいい。最後に貴公……というか、ローリエ嬢に縁談を申し込みたいと思ってな」

「お相手はセリュー様ですか？」

「ああ。内々的にだがすでにセリューは王太子に決定している。その婚約者にローリエ嬢をと思ってな」

やはりそういう目論見《もくろみ》があったか。

だからローリエやサーシャを連れて来いと書いてあったのか。

俺は一口お茶を飲んでからなるべく冷静に言った。

「ローリエはまだ五つです。婚約をするには早いと思いますが？」

「だがいずれは婚約者を決めるべきだろう？」

「そうは言っても相手は王太子です。これから娘に過酷《かこく》な王妃教育を強いるのは私の好むところではありません」

そう言ってから俺は隣で心配そうにこちらを見ているサーシャに微笑むと陛下に言った。

「陛下。光栄なお話ですが、私が何より望むのは家族の幸せです。なので娘が自分の意思で心から愛しく思う人ができるまで、私は娘を守るつもりです」

そう言うと陛下はニヤリと笑って言った。

「なら、ローリエ嬢がセリューを好きになればいいんだな？」

「本人の意思なら反対はしません。ただ周りが強制したりするのはダメです。私は娘を政略結婚させるつもりはありませんから」

陛下はその言葉に愉快《ゆかい》そうに笑いながら言った。

「ならば、今回は諦めよう。だが、ローリエ嬢がセリューの婚約者候補なのは変わらないからな。いずれ正式に縁談を申し込むつもりだが、その時までにセリューがローリエ嬢を落とすだろうから楽しみにしておくといい」

「そうなれば大人しく従いましょう。私が望むのは家族の幸せですから」

厄介な仕事を押し付けられてあまつさえローリエの縁談を持ってきた陛下にため息をつきつつそう答えたのだった。

❋

「わぁ……！」

一面に咲く花に思わずそう言葉が出るローリエ。

そんなローリエを見てくすりと笑いながらセレナは言った。

「どう？　この辺りは特に今が時季だから綺麗でしょ？」

「はい！　せれなさま、ありがとうございます！」

「喜んでもらえて良かったわ」

そこでセレナはもう一人がそわそわしているのを見てため息混じりに言った。

「セリュー、気持ちはわかるけど、ローリエさんを一緒に案内なさい」

「ね、姉さん。でも……」

「まったく……憧《あこが》れのフォール公爵に会えたからってはしゃぎすぎよ」

セレナはセリューがカリスによってどれだけ精神的に助けられたのかを知っていた。憧れの人と会えて嬉しい気持ちはわからなくないが、それでも姉としてきちんと注意する。

「お父様とフォール公爵は今大切な話をしているの。だから今は私と一緒にローリエさんを案内しましょう」

「うん……すみません、ローリエ嬢」

「だいじょうぶです！」

にぱっと明るく笑うローリエ。

カリスが見ていたら抱きつきそうな笑みに、実際にセレナは抱きついて撫でながら言った。

「やっぱり可愛いわ！　ローリエさん可愛い！」

「姉さん。ローリエ嬢が困ってるから」

そう言って驚くローリエから姉を引き剥《は》がす。

それからセリューはローリエを見て言った。

「ローリエ嬢のお父上は素晴らしいですよね」

「はい！　おとうさまはせかいいちかっこいいです！」

迷いなくそう答えるローリエ。

そんなローリエにセリューも深く頷いて言った。

「フォール公爵はすごく格好いいですよね。優しくて頭がよくて、その上お父様に聞きましたが剣術もお強いとか？」

「ええ、前に私も見たけど多分騎士団長より強いかもしれないわね」

「おとうさまはすごくつよいです！」

えへんと、胸をはるローリエ。

そんなローリエにまた抱きつきそうな姉を押さえつつセリューは言った。

「僕はフォール公爵に救われました。フォール公爵は正妃の子供なのに側妃の子供の兄さんより不出来な僕のことをちゃんと自分にできることを探せばいいって言ってくれました」

きっと誰でも言える言葉なのだろう。

でも、だからこそ最初にその言葉をかけた人物は心に強く焼き付けられる。

刷《す》り込《こ》みとでも言えばいいのだろうか？

ローリエもなんとなく意味がわかったのか頷いて言った。

「おとうさまはだれよりもやさしくて、だれよりもつよいです！」

「ええ。ローリエ嬢、今度僕も姉と一緒に遊びに行ってもいいですか？」

「はい！」

眩《まぶ》しい笑顔。

二人の心には同じ人物が強く焼き付けられているからだろうか。

不思議と仲良くなれると二人は確信したのだった。

❄

「二人とも今日は楽しめたかな？」

帰りの馬車にて、俺は隣のサーシャと膝の上のローリエにそう聞く。

するとローリエが元気よく答えた。

「はい！　せれなさまと、せりゅーさまとたくさんおはなしできました」

「そうか。良かったよ」

なんとなくセリュー様の名前が出てくるのは複雑な気持ちになりそうになるが、まあ、この無邪気な様子を見れば特に問題は――。

「こんどふたりであそびにくるそうです」

「……そうか」

――まあ、うん、ローリエが楽しみなら水は差すべきではないだろう。

しかしセリュー様がうちに来るって目当てはローリエか？

一目惚れされたとか？

あり得るな……ローリエは可愛いから一目惚れされてもおかしくない。

しかしそれが破滅フラグに繋がらないか不安ではある。

こまめに様子を見に行くべきだろう。

「サーシャも、多少は息抜きになったかな？」

「はい。お久しぶりにレシリア様と楽しくお話できました」

そう言って微笑むサーシャ。

なんだかんだでサーシャの息抜きになったなら今回のお茶会にも意味はあったのだろう。

「あの……旦那様。良かったんですか？」

「何がだい？」

「陛下からのお話を断ったことです」

サーシャが言いたいのはおそらくローリエの婚約の件についてだろう。

明確に拒否したのはローリエの婚約の件だけなので、サーシャとしては心配なのだろうが俺は笑顔で言った。

「私は自分の子供には幸せになって欲しいからね。政略結婚というものを否定はしないが……」

ぽんとローリエの頭を撫でながら言った。

「この子には自分の意思で好きな人をみつけてほしいんだよ」

「？」

首を傾げるローリエの頭を撫でる。

俺が撫でると気持ち良さそうに目を細めるローリエに俺は笑みを浮かべつつサーシャに言った。

「まあ、あまり心配しなくていいよ。サーシャの優しいところは私としても好ましいが今は自分のことを第一にね」

「私は大丈夫です。ですが旦那様はいつも私やローリエのために無茶をなさるので心配なのです」

やはりもう少し早く気づくべきだったな。

サーシャがこう心配しないようにもっと上手く立ち回る必要がある。

そう思いつつ俺はサーシャの頬に手を当てて優しく微笑みながら言った。

「ありがとう。あと心配かけてすまないね。でも、私ももう無茶はしないよ。愛しい妻に無用な心配をかけたくないからね」

するとサーシャは少しだけ顔を赤くしつつ嬉しそうにはにかんだ。

……やっべぇー、可愛すぎる！

なんなのこの可愛い妊婦さん。

誰よこんな可愛い人を嫁にしたのは。

俺ですが何か？

まあ、具体的には前のカリスさんなのだが、今は俺がカリスさんなので結論から言ってサーシャは俺のものだ！

そんな風にサーシャとローリエを愛でつつ屋敷に帰るのだった。

第八章　姫様は手に入れたい

「ごきげんようフォール公爵《こうしやく》」

「セレナ様。私は仕事中なのですが……」

場所は執務室。

今回も当たり前のように部屋に入ってきたセレナ様に俺はため息混じりに言った。

「本日はセリュー様も一緒だと伺《うかが》っておりますが、ここに来たのは何故《なぜ》ですか？」

「弟と婚約者候補を二人きりにしたいと答えれば面白いリアクションがいただけるかしら？」

思わず筆を真っ二つにしそうになるが俺は努めて冷静に言った。

「その場合は私の持つあらゆる力で阻止させてもらいますよ」

「あら？　思ったより冷静ですね。あなたは弟とローリエさんの婚約には反対なのでしょう？」

「ええ。まあセリュー様がゲーム通りクズ王子になるなら絶対に阻止しますが、まだ子供ですからね。ローリエが本当に好きになったなら止めるつもりはありません」

そう言うとセレナ様は少し驚いてからくすりと笑って言った。

「多分、弟はゲームとは別の人格になりますよ」

「何か根拠《こんきょ》でも？」

「何を言ってるんですか。あなたですよ」

「私が何ですか？」

「弟はあなたの言葉に救われてからあなたをやけに尊敬してましたしね。それにこの前のお菓子も相まってあの子の中ではあなたは〝憧《あこが》れの人〟扱いされているんですよ」

「そんな馬鹿な」

たったあれだけのことで感謝されるのも疑問なのにそこまでセリュー様の中で俺の評価が高いわけない。

そう言うと、セレナ様はため息をついて言った。

「まあ、あなたに自覚がないのはさておき、おそらくあの子達を今二人だけにしても問題はありませんよ。子供ですから」

「あなたも一応見た目は子供なのをお忘れなく」

「ふふ、まあその件はここまでにして、この前のお父様とのお話聞かせていただける？」

「……どこまでご存じなのですか？」

「ローリエさんへの縁談が表向きの理由で、それ以外に何かをお父様はあなたにお願いしたということしか知りませんわ」

ほとんど知ってるようなので俺はため息をついてから簡単に話した。

宰相《さいしょう》の裏切り疑惑、そしてその調査と次期宰相へのお誘い。

これらを他言無用とした上で話すとセレナ様は頷《うなず》いて言った。

「なるほど、私に頻繁《ひんぱん》にローリエさん経由のフォール公爵家の情報を求めてきたのはそれが理由でしたか」

「セレナ様はその情報をどのように使うつもりか聞いてもよろしいでしょうか？　興味本意ではないのでしょう？」

「ええ。これでも私はお父様に感謝しておりますから。ご協力しようと思いまして」

何やら含みのある言い方だがこの王女様ならおそらくそれなりのコネやら発言力があるのだろう。

「それで、フォール公爵は宰相になるのですか？」

「どうでしょうね。私には荷が重いですから」

「本音はどうなのですか？」

「もちろん面倒なので誰かに押しつけるつもりです」

そう言うとセレナ様は笑いながら言った。

「でしたらこれから育成してはどうですか？」

「育成？　誰か心当たりがあるのですか？」

「ええ、あなたにとってもローリエさんにとっても無関係でない方……現宰相のグリーン公爵の息子であり、乙女ゲームの攻略対象の一人、マクベス・グリーン公爵令息です」

❄

「いやはや、こうしてフォール公爵を我が家に招けるとは思いませんでしたぞ」

欲が透けて見えるような笑みを浮かべながらそう言ったのはこの国の宰相のグリーン公爵だ。

場所はグリーン公爵邸。

ここ最近、毎日のようにグリーン公爵は自宅にて晩餐会《ばんさんかい》を行っているという情報を入手して俺はここに来ていた。

元々この手のパーティーはあまり好きではないので本当に必要な時以外は招待されても出ないようにしていたが、今回は必要なので来ていた。

なお、サーシャとローリエは今回は連れてこなかった。

二人にはこんなところに来てほしくないのと、サーシャは体調を優先して、ローリエは夜のパーティーにはまだ出せないので一人で来た。

「ご招待感謝いたします。グリーン公爵。相変わらず立派な屋敷で羨《うらや》ましいですな」

金の無駄遣い甚《はなは》だしいが、そう褒めるとグリーン公爵は気をよくしたのか嬉しそうに言った。

「ははは、フォール公爵でしたらいつでも歓迎ですぞ。ところで本日は奥方と娘さんはおられないのですかな？」

「ええ、妻は体調が芳《かんば》しくなかったので。娘は妻の付き添いに残してきました」

「ほう、フォール公爵の娘さんでしたらさぞ賢いのでしょう。私の愚息《ぐそく》にも見習わせたいですな」

自分の子供を愚息扱い。

普通なら本心ではなくただの社交辞なのだろうが、集めた情報から恐らく本心で言ってるのだろうと推察できた。

思わず歯を食いしばりそうになるが、こらえて笑顔で言った。

「確か、息子さんは私の娘と年も近かったでしょう。今度良ければ我が家に遊びに来て下さい」

「それはありがたい申し出ですが……そういえばフォール公爵の娘さんは婚約者は決まったのですかな？」

ギラリと欲のある視線を向けてくるグリーン公爵。

おそらくローリエがセリュー様と婚約したのかどうか気になったのだろう。

グリーン公爵家は確か息子が一人だけで奥さんは亡くなっていて、愛人との間にもう一人子供がいるので、グリーン公爵としてはできるだけ得になりそうな家と婚約させたいはずだ。

我が家は同じ公爵家でも格が違うので、ローリエを狙う気持ちはわかるが……この男の元にローリエを送るのだけは嫌だな。

絶対にローリエが不幸になると断言できる。

そんな気持ちは口には出さずに俺は苦笑気味に言った。

「実はまだなんです。いい相手がいればいいのですが」

「そうですか」

ニヤリと一瞬笑うグリーン公爵に嫌悪感《けんおかん》さえ湧《わ》いてくる。

不思議だ……どんな相手でもあまりそういう感情は湧かないのに、この人は最初から生理的に無理な気持ちしかない。

自分の子供でなくても子供を不幸にするだけの親には同じ親として思うところがある上に、この人は子供を道具としてしか見てないようなのでダメだ。

「そういえば、フォール公爵は何やらとても美味《おい》しいお菓子を作れるとか。是非今度作り方を教えていただきたいですな」

それからしばらくお酒を飲みつつグリーン公爵と話して言葉を濁しながら情報収集を行っていたが……こんなに不味《まず》い酒ははじめてだと思いながら過ごすのだった。

「はぁ……」

思わずため息が出てしまう。

グリーン公爵と話してから他に招待されていた貴族とも話したがどいつもこいつも権力だの地位だのばかりを求めているようであまりにも話が合わない。

貴族としてはある意味正しいのかもしれないが、俺個人の感想だと合わないの一言につきる。

こうして隙《すき》を見て外に出なければもたないだろう。

「……いたっ」

がさっという音と共にそんな声が聞こえてきた。

俺は周りに他の貴族がいないことを確認してからそちらに声をかけた。

「そんなところに隠れてないで出てきたらどうだい？」

その言葉にしばらく黙っていた影はやがて観念したのかおずおずと出てきた。

青い髪の男の子、ローリエと同い年くらいだろうか？

ただ、おそらくその子は俺が知ってる子で間違いないだろう。

しかし俺はそれを言わずにその子に聞いた。

「こんなところで何をしていたの？」

「……父上に会いにきた」

「そっか。お父上に何か用事でもあったの？」

「別に……」

そう言ってから顔を背ける少年。

何もないのに子供がこんな時間にいるわけないだろうと思いつつ、それを口にせずに言った。

「お父上はどんな人なの？」

「……最低。最悪。いつも偉そうにして、横暴《おうぼう》で、母上が亡くなってから別の人と暮らしててこっちには帰ってこない。本当にどうしようもないクズ」

あまりにもあんまりな言葉に思わず苦笑しながら言った。

「なら、君はお父上に文句を言いに来たのかな？」

「……わからない。父上は嫌い。母上をないがしろにした父上を俺は許せない。でも、俺には何の力もないから……」

「なら、力があったらどうする？」

「それは……無理だよ」

「どうして無理だと決めつけるの？」

「父上はこの国の宰相だもん。そんな人に子供の俺が勝てるわけない」

ふむ、やはりこの年にしてはどころかかなり頭がきれるようだ。

少々毒舌だけど冷静で物事をしっかりと見据えている。

この子なら大丈夫かな？

「なら、君がもしお父上の代わりに宰相になれるなら……どうする？」

その言葉に少年は驚いたような表情でこちらを見て聞いた。

「……あなたは誰なの？」

「カリス・フォール。フォール公爵家の長《おさ》で、愛するものを持つ一人の父親だよ」

そう言うと少年はしばらく黙ってから……何かを決意した様子で言った。

「……教えて。どうすれば父上を見返せるの？」

それが、その少年……グリーン公爵家の長男にして、攻略対象のマクベス・グリーン公爵令息との出会いだった。

❄

「お初にお目に掛かります。グリーン公爵家のマクベス・グリーンです」

「ごきげんようマクベスさん。第二王女のセレナです」

目の前で自己紹介する転生者の姫様と攻略対象。

そしてその場に何故かいる俺。

二人が向かい合わせて座る中それを取り持つように真ん中に座るオッサン。

あまりにもシュールだが、そこに関しては何も言わずに俺は姫様に視線を向けて言った。

「それで？　セレナ様は何を考えてこの場を設けたわけですか？」

「あら？　わかっているくせにそういうことを言うのは紳士の言葉ではありませんね」

「基本的に家族以外には最低限しか気をつかえないので」

「ふふ、そういうところは本当に私好みです。さて、マクベスさん」

そう微笑《ほほえ》んでからセレナ様は言った。

「単刀直入に言います。私と婚約しませんか？」

「……は？」

「私と婚約しませんか？」

「いや、聞こえてはいました。でも何故？」

「簡単なことです。あなたのお父上を宰相という立場と公爵という立場から引きずりおろした後にあなたがその両方を背負うためです」

あっさりと言うが、子供にはあまりにも重すぎる荷物。

流石《さすが》にキツイだろうそれにマクベスはため息をついて言った。

「あなたと婚約すれば王族の後ろだてを堂々と使えると？」

「理解が早くて助かります。やっぱり私の婚約者にはあなたが適任です」

「……それはあなたにはどんなメリットがあるんですか？」

「メリット？　ああ、簡単ですよ。私あなたのこと好きなんですよ」

「……はい？」

「あなたのこと好きなんですよ」

ポカンとするマクベス。

まあ、いきなりそう言われても訳がわからないよね。

しばらくフリーズしてからマクベスは言った。

「あの……俺達今日会ったばかりですよね？」

「あら？　それはあなただけですよ」

「？」

マクベスにはわからないだろう。

いきなり好きと言われて会ったことがあると言われれば。

なお、俺はその言葉に心当たりがあったりする。

「そこで前世の記憶を持ち出すとは……」

ポツリと呟《つぶや》いた言葉は、混乱するマクベスは聞こえなかったみたいだが、セレナ様はウインクして答えた。

「あなたも同じでしょ？」

「否定はしませんが……」

前世の乙女ゲーム。

セレナ様はそこでの知識でおそらくマクベスのことが好きだったのだろう。

いやまあ、わからなくはないがその愛をマクベスが理解することは難しいだろう。

「フォール公爵に立ち会っていただいたのはこの婚約を見届けてもらうためです。マクベスさんがいずれこの国の宰相とグリーン公爵家を継いだ時にフォール公爵は素晴らしき協力者になるでしょうから」

「まあ、娘の友人であるセレナ様とマクベスくんのために協力できることはするつもりです」

そんな俺の言葉にしばらくしてからマクベスは答えた。

「セレナ様は……浮気はしないか？」

「もちろんです」

「俺を……愛してくれるのか？」

「はい。絶対に」

「俺の……側《そば》にずっといてくれるか？　母上みたいに死んだりしないか？」

「あなたが死ぬまでお側にいますよ。だから大丈夫です」

捨てられた子犬のような目で見られてそれを優しく受け止める姫様。

一見綺麗《きれい》だけど、これもきっとあの姫様の計算通りだと考えると背筋が寒くなる思いだ。

そんな風に何故か他人の婚約を見届けることになったのだが……俺も早く終わらせてサーシャに甘えようと密かに思ったのだった。

❋

「ふんふーん♪」

オッサンが一人で鼻歌を歌いながらレッツクッキング。

普通に考えたらシュールだけど俺は気にせずに続ける。

厨房《ちゅうぼう》に立ち、二人のためにお菓子を作る時は仕事よりも充実感がある。

いやー最近は仕事を頑張りすぎているから俺としてもこういう時間は大事にしたいんだよね。

平穏無事、ローリエとサーシャを愛《め》でる時間が大切なのであって――。

「あの……フォール公爵」

――こうして何故か攻略対象の王子が厨房に訪ねてくるなんてことはあっちゃいかんでしょ。うん。

俺はなんとか表情には出さずに取《と》り繕《つくろ》って言った。

「これはこれはセリュー様。本日はローリエとのお茶会で来られたのですよね？」

「は、はい！　姉さんと一緒に来ました」

「そうでしたか。それでこちらに何かご用でも？　もしかして本日のお茶菓子はお口に合いませんでしたか？」

「い、いえ！　そんなことないです！　すごく美味しかったです！」

「それは良かったです。では如何《いかが》なさいましたか？」

そう尋ねると、セリュー様は少し躊躇《ためら》いがちに言った。

「あの……フォール公爵はどうしてこんなにお菓子を作るのが上手なんですか？」

「そうですね……食べる人のことを考えていれば自然と美味しくできますよ」

「食べる人のことですか？」

「ええ」

そんなので美味しくなるのかと首を傾《かし》げるセリュー様。

そんなセリュー様の様子に、俺は少しだけ可笑《おか》しくなって笑って答えた。

「意外とそれが重要なんですよ。私は常に妻や娘が美味しく食べられるように考えて作ってます。食べる人のことを考えるということはその人が何を食べたら笑顔になってくれるかを考えることなんです」

「何を食べたら笑顔になるか……」

「ええ。相手の好みや性格なんかを把握《はあく》していれば自然と相手に合わせたものができます。まあ、あとは愛情を込めるというのも大切ですね」

「あ、愛情ですか？」

「どんな愛情でも構いません。好きな人への愛情でも、家族愛でも、親愛でも、友愛でもなんでも構いません。それらがお菓子の品質を高めてくれます」

と、そこで俺は少し喋《しゃべ》りすぎたと思いセリュー様を見ると――セリュー様は何故かキラキラした瞳《ひとみ》をこちらに向けてきていた。

「フォール公爵はいつもそんな凄《すご》いことを考えているんですね！」

「まあ、自然とそうなるというか……」

俺の場合行動の理由が基本的にサーシャとローリエの二人だからそうなってしまうのが必然的なのだが、そんなことを知らないセリュー様は何故か納得したように頷いたのだった。

「僕も相手のことを考えて頑張ってみます！　ありがとうございます！」

「いえ、お気になさらず」

あまりにも純粋な笑顔に思わずこちらも少しだけ笑みを浮かべてしまう。

まあ、この子が将来的にゲーム通りの性格になるかはわからないけど、こんなに素直なら間違った道には行かないだろうと少しだけ期待するのだった。

❄

「ローリエ、最近お茶会にセリュー様も来てるようだけど、どうだい？」

「どう？」

キョトンと首を傾げるローリエ。

夕食時に世間話の体《てい》で話をしてみたが……聞き方を間違った。

そう思い、俺は言い直すことにした。

「セリュー様とは上手く話せているかと思ってね」

「はい！　いろいろおはなしできてます」

「そうなのか。何を話しているんだい？」

過保護かもしれないが、少し男親として心配なのでそう聞いてみる。

もし話が盛り上がってローリエがセリュー様に惚《ほ》れたらどうしようかと複雑な気持ちの俺にローリエは笑顔で言った。

「おとうさまのおはなしを、いっぱいしてます！」

「え？　私の話？」

「はい！　おとうさまは、せかいいちかっこいいってせりゅーさまとおはなししてます」

あまりにも可愛い笑顔でそんなことを言ってくれる愛娘《まなむすめ》に涙腺《るいせん》が緩《ゆる》みそうになる。

いや、しかし何故セリュー様と俺の話題で盛り上がれるんだとふと疑問を覚える。

子供とはいえ他にも話題は色々あるだろうに何故俺の話で盛り上がるんだ？

セリュー様とはそこまで親しくないはずだ。

確かに何度か会ってるし、こないだ厨房に来た時には柄《がら》にもなく色々話してしまったが、それだけだしなぁ。

本当に何故……？

そこまで考えてふと、この前の王女様の台詞《せりふ》を思い出してしまう。

『弟はあなたの言葉に救われてからあなたをやけに尊敬してましたしね。それにこの前のお菓子も相まってあの子の中ではあなたは〝憧れの人〟扱いされているんですよ』

執務室に乗り込んできた時に王女様はそんなことを言っていた。

あの時はそんな馬鹿な、という素直な感想が出たが……。

「まさかな……」

「どうかしましたか？　おとうさま？」

「なんでもないよ。セレナ様とは仲良くやれているかい？」

「はい！　いつもおとうさまのおかしをおいしいっていってくれます！　あと、こんど、こんやくしゃ？　に、あわせてくれるそうです！」

「そうか。良かったよ」

そう言ってから俺はローリエの頭を撫《な》でる。

セレナ様とマクベスの婚約はまだ内々的なもので公表はしていないが一部の人間には周知の事実だ。

一度我が家に遊びに来た時に〝たまたま〟会って仲良くなってセレナ様が気に入ったという理由になっている。

まあ、間違ってはいないが、おそらくあの姫様は最初からマクベスを自分のものにするつもり満々だったから計画的犯行なのだろう。

だからこそ乙女ゲームの悪役令嬢というイレギュラーが起きやすい状況を確認するために俺に近づいてきたのだろう。

しかもイレギュラーが悪役令嬢ではなくその父親の俺ということと、宰相であるグリーン公爵の裏切り疑惑と、マクベスの家庭環境を知って一気にマクベスをモノにしたのだろうなぁ。

まあ、正確にはこの後マクベスを育ててグリーン公爵の地位を奪ってもらう必要があるが、正直あの姫様がいるなら俺の仕事はあまり多くないだろう。

頭もキレて何やら人脈もありそうなので、俺はマクベスが育って宰相を継ぐときに後ろだてとして加勢するだけで済むだろう。

そんなことを思いつつ俺は「うにゃー」と気持ち良さそうに頭を撫でられてるローリエを可愛《かわい》がりつつ食事を進めるのだった。

❋

「お、今動いたようだ」

「ですね、お父様に早く会いたいんだと思います」

色々と面倒事はありつつも、家族との時間で全ては許される気がする今日この頃。

一般的に妊娠後期と呼ばれる時期に入ったサーシャを見ていると、生まれるまでもう少しとより一層楽しみになる。

今も、サーシャのお腹《なか》に耳を当てると、元気に赤ちゃんがお腹を蹴《け》ったのが分かった。

「おかあさま、わたしもいい？」

「ええ、勿論《もちろん》です」

「わーい！」

俺の真似をして、サーシャのお腹に耳を当てるローリエ。

その母娘《おやこ》の様子はどこか神秘的にも見えて、凄《すご》く最高でござる。

……失敬、変な語尾が出るほど尊かったものでね。

いやはや、嫁と娘を一日中観察するだけのお仕事とか無いだろうか？

何時間でも見れてしまうこの尊い空間は是非とも守らねば。

「あ、うごいた！」

「きっと、お姉様に早く会いたいと言ってるのですよ」

「わたしもはやくあいたいです！」

「ええ、楽しみですね」

なに、この可愛い母娘。

思わず溢《あふ》れるラブが出るけど、見守ることも時には大切と俺は知っている。

ふ、俺も大人になったものだ。

……と、理想的な渋いオジサマフェイスでそう思う。

「カリス様、よろしいでしょうか？」

そうして素晴らしき楽園で心を癒《いや》していると、ジークがドアをノックして来訪を告《つ》げる。

俺は知っている。

こうしてわざわざ俺の邪魔をする時は、高い確率で面倒な急用が入ったことを示すと。

ジークも俺が二人との時間を堪能《たんのう》してるときは急ぎでなければわざわざ訪ねてくるような真似はしないと、半年以上の付き合いで分かっているからだ。

それにしても、このタイミングはあんまりだよね。

折角楽園を楽しんでいたのに……でも、二人の前で駄々をこねたり、スルーする選択肢はなかった。

俺は常に二人にカッコイイと思われるカリスさんでいたいからだ。

「すまない、少し行ってくる」

「はい、行ってらっしゃいませ」

察して微笑んでくれるサーシャさんマジ聖母！

「ローリエ、お母様のこと頼んだよ」

「はい！　おかあさまとあかちゃんはわたしがまもります！」

頼りになる愛娘の成長にほっこりしつつも安心して任せる。

「頼んだよ、ローリエお姉様」

「おねえさま……えへへ……」

早くもお姉ちゃんの自覚があるローリエさんマジで和《なご》む。

「ふふ、よろしくお願いしますね、ローリエお姉様」

「がんばります！」

この場にずっといたい誘惑を何とか断ち切って部屋を後にするけど、早く用事を済ませてすぐに戻ろうと誓ったのは言うまでもないだろう。

母娘揃《そろ》って新しい家族の存在で益々《ますます》最高になるのだから、俺は心底嫁と娘が大好きなのだろうと今さらなことも思うけど……ふむ少し違うかもしれないな。

大好きでさえ足りないラブは言葉にはできそうになかった。

そんな訳で今日も二人が可愛いことに変わりはなく、俺はお仕事です。

第九章 新しい家族とこの幸せを

「体調はどうだいサーシャ」

そう聞くとサーシャはクスリと笑いながら答えた。

「大丈夫です。心配しすぎですよ旦那様」

「すまないね。どうにも愛《いと》しい妻のことが気にかかってしまってね。迷惑かい？」

「そ、そんなこと！　むしろ旦那様に想《おも》われていると思うと、その……嬉しい……です……」

照れ照れでそう言うサーシャに俺は内心かなりの萌えを感じていた。

なんなのこの照れ照れの妊婦さん。

超絶可愛《かわい》い！

俺的世界遺産クラスの可愛さで最高です。

この世でただ一人の俺のサーシャさんは本日もビバ麗《うるわ》しいです。

そんなことを思いつつ俺はサーシャの腹部に優しく手を添《そ》えて言った。

「お前にももう少ししたら会えそうだな」

「あっ、今蹴《け》りましたよこの子。旦那様に会えるのが嬉しいのでしょう」

ふふふ、と微笑《ほほえ》むサーシャ。

サーシャのお腹《なか》は妊婦さんらしく膨《ふく》らんでおり、時期的にももう少しで生まれることが分かるので俺は思わず笑みを浮かべてしまう。

「嬉しそうですね。旦那様」

「嬉しいよ。サーシャのお陰で新しい家族が生まれるんだ。その子のためにも、ローリエのためにも、もちろん愛しい妻であるサーシャのためにも頑張ろうと思えるからね」

その言葉にサーシャは少しだけ心配そうな表情を浮かべて言った。

「旦那様。あんまり無理はしないでくださいね」

「もちろんだよ」

「むー……旦那様はいつもそうやって笑って誤魔化《ごまか》すので心配なんです」

ぷくーと頬《ほお》を膨らませて可愛らしく拗《す》ねるサーシャ。

そのサーシャに俺はなんとか我慢《がまん》して軽く抱きしめながら言った。

「大丈夫。もう私は無理はしない。だから正直に言うと私は少しだけお腹の子に嫉妬《しっと》もあるんだ」

「し、嫉妬ですか？」

「ああ。長い時間サーシャと一緒にいられるこの子に少しだけね。もちろん可愛い子供だけど私にもそういう感情があるんだ。幻滅したかな？」

そう言うとサーシャは少しだけ顔を赤くしながら必死に否定した。

「そ、そんなこと……嬉しいです」

「えへへ……」と照れるサーシャ。

ヤバい……可愛すぎる！

本当に抑えがきかなくなりそうになるが、なんとか我慢我慢。

なんなのこの子なんでこんなに可愛いんですか。

もうかれこれ何ヶ月もその手の行為をしてないからそろそろ我慢の限界が近くなってきているが耐えねば。

ソフトな触れ合いも大好きだからいいけど、大人の愛《め》で方《かた》も好きなので悩ましいところ。

うーむ、贅沢《ぜいたく》な悩みだけど、俺の男としての本能はサーシャにしか向かないので、どのみち俺はブレることはなさそうだね。

いずれにしても、夜のサーシャも凄《すご》く可愛いので、そちらも見たい気持ちが強くなっていく今日この頃……ぐっ、鎮まれ俺の中の荒ぶる獣《けもの》よ！

そんなサーシャにだけしか向けられない大きすぎる愛と男としての本能（サーシャ限定）が色々限界も近そうだけど……まあ、俺のことはいいんだ。

優先すべきは頑張ってくれてる愛しのサーシャだろう。

妊娠は女性の負担が大きい。

今、俺にできるのはこうしてサーシャの不安をやわらげるように側《そば》にいてあげることだけだ。

だから俺は自分とサーシャのために笑顔で優しくサーシャを抱きしめるのだった。

❋

「久しぶりねローリエ」

「こんにちはおばあさま！」

相変わらずローリエが大好きな母上はそのローリエの挨拶《あいさつ》に嬉しそうに微笑む。

そして、俺を見て言った。

「やっぱり可愛い……カリス、この子私にちょうだいな」

「はは、母上。冗談でも笑えませんよ？」

ローリエにわからないくらいの戦いを繰り広げる。

相変わらず母上は油断できないが、それでも俺はこの人に言うべき台詞《せりふ》があるので頭を下げて言った。

「母上、来てくださってありがとうございます」

「気にしなくていいわよ。私は可愛い孫と嫁に会いにきただけだから」

「息子は可愛くないんですか？」

「あら？　可愛いって言ってほしいの？」

「いえ、全く」

ふふふとお互い笑う。

そんな俺達を見てローリエが首を傾《かし》げて言った。

「おとうさまかわいい？」

「ありがとうローリエ。でもお父様に可愛いは似合わないかな。可愛いはローリエとお母様に合う言葉だからね」

「うん！」

キラキラスマイルのローリエ。

やべぇ、うちの娘が可愛すぎる！

母上もローリエを見て頬を緩めているのである意味俺と母上の血の繋《つな》がりを感じてしまうが、そこでふと、母上が言った。

「そういえば決めたの？」

「何をですか？」

「子供の名前よ。一応旦那様の意見と私の意見もあるのだけど……これは当日にでも言うべきかしら？」

「そうですね。サーシャとも話して決めたいので」

正直、名前をつけるのとか結構苦手なんだよね。

いや、ネーミングセンスがないわけではないけど、自分の子供にどういう名前をつければいいか正直悩みどころなんだよね。

男の子か女の子かで名前も変わってくるし、というかうちの家督《かとく》を誰に継がせるかも問題ではあるんだよね。

ローリエが継ぎたいと言えば誰かローリエが好きになった人を婿《むこ》にいれるしローリエが拒否するならそれならそれで次の子に期待するしかないけど、強制はしたくないんだよね。

もちろん家を存続させることは大事だけど本人が納得しない道を選ばせる気はないのだ。

一番は子供の幸せ。

二番に家の繁栄《はんえい》……まあ、貴族としては失格だけどそうとしかできないから仕方ない。

結局は継いでくれる子がくるまでは俺が頑張ればいい話だし、本当にダメなら継いでもらう前提で養子を取る方法もある。

まあ、流石《さすが》にそんな事態にはならないだろうが、とりあえずローリエの乙女ゲームフラグが完全に消滅するまでは俺の戦いは続くだろう。

なんか漫画とかにある『俺達の戦いはこれからだ！』エンドが頭をよぎるが、現実はそんなことはないので俺は安心して、でも注意して家族の幸せのために頑張るしかないだろう。

それはそうと、母上がローリエを独占しているので、とりあえず取り戻そうと俺は二人に歩み寄ったのだった。

❄

「潤《うるお》いが足りない……」

「はい？」

執務室で仕事をしながら俺はそう呟《つぶや》く。

その声に疑問符を浮かべて執事のジークは言った。

「潤いとは……いつも奥様やお嬢様と仲睦《なかむつ》まじいではありませんか。何かご不満でもあるのですか？」

「二人に不満なんてないよ。ただ、やっぱり仕事中会えないのは辛《つら》いんだよねー」

「でしたら早く仕事を終わらせてください」

冷たい執事め。

でも早く終わらせてもサーシャの出産のためにヘルプで呼んだ母上に二人を横取りされそうなんだよなぁ。

母上は味方でありライバルだからね。

「そういえば、ジークは奥さんの妊娠中って何か気をつけたことある？」

「私ですか？」

確か我が家のジークさんは孫もいる立派なお祖父《じい》ちゃんなので、先人の知恵を少しでも得ようとそう聞くとジークは少しだけ考えてから言った。

「そうですね……まあ、我々男は過度に慌《あわ》てないことが大切ですね。こちらが慌てても妊婦には何のメリットもありませんから」

「それは当然だな」

「あとは……まあ、今のカリス様で不安になるのは妊娠中の奥様を襲《おそ》ったりしないかどうかですな」

「お前は私を狼《おおかみ》かなんかと勘違いしてないか？」

失礼な奴め。

むしろその狼さんを理性で制御している俺にサーシャを襲う心配をするとは……まあ、時々辛くなるけどね。

うん。サーシャ可愛すぎるんだもんマジで。

そんな俺の心を読んだようにジークは言った。

「私も妻が妊娠中はその手の行為を一切できなくて苦労しました。まあ、息抜きに娼館《しょうかん》へと足を運んだりして発散する他ありませんでしたが……妻にバレないか心配でしたね」

「もう少し夫と父親としての自覚があった方が良さげに思える話だな。奥さん可哀想《かわいそう》だろ？」

「カリス様とて、お辛いでしょう？」

まあ、完全には否定できないけど、そういう発散の仕方は絶対ないかな。

俺にとってはサーシャとの営み以外に価値はないし。

俺が何より怖いのはサーシャやローリエが傷つくことだ。

だから俺は我慢できる。なにより……。

「私はサーシャ以外の女を抱くのは生理的に無理だからな」

「そういえばカリス様は女性嫌いでしたな」

「忘れていたのか？」

「ここしばらくのカリス様の奥様への態度を見てるとどうしてもその過去を忘れてしまいます。本当に別人のようにカリス様はお変わりになりましたから」

まあ人格まるごと変わっておりますから。

カリスさんの女嫌いという事情も俺自身若干忘れていたしね。

ただ、俺がサーシャ以外の女を抱けないというのは、カリスさんの女嫌いが災いしたわけではなく、単純にサーシャ以外の女を女として見られないだけなんだけどね。

いや、だって考えてみてよ？

あんだけ可愛い嫁がいてその子に夢中になったら他の女性なんて興味湧《わ》きませんよ。

何よりそれでサーシャが悲しむ姿は見たくないから必然的に我慢一択なのだ。

「まあそれに、妊娠中しか見られないレアな顔もあるからいいか」

「私としては今のカリス様なら奥様がご出産してからあまり時間を空けずに間違いなく次のお子ができるような気がしてなりませんが……」

「馬鹿にするな。サーシャにそこまで負担はかけないさ」

もちろん子供はもう何人か欲しいが、それはサーシャの負担になりすぎない範囲での話だ。

一番はサーシャの体調と気持ちの問題。

妊娠というのは男の想像を超える負担とリスクがあるのだ。

それを忘れてはならない。

……まあ、サーシャに甘い声で誘惑されたら耐えられる自信ないけどね。うん。

「カリス様！」

そんな風にジークと話しつつ仕事をしているとノックと同時に侍女《じじょ》が駆け込んできた。

確かサーシャの侍女の一人だったか？

随分慌てているのかしばらく荒く呼吸している侍女に俺はとりあえず落ち着けと言ってから聞いた。

「それで、なにがあった？」

「さ、サーシャ様の陣痛が始まったようです！」

「ご苦労。ジーク、仕事は後でやるから頼んだ！」

俺は侍女に労《ねぎら》いの言葉をかけてから頷《うなず》くジークを背にしてサーシャのいる部屋へと向かったのだった。

❋

「サーシャ、頑張ってくれ……！」

サーシャの手を握りながら俺は根気強くそう言葉をかける。

やはりひとつの命を生み出すというのはかなり精神的にも体力的にもくるものがあるのだろう。

二回目の出産となると屋敷の人間も色々手慣れているし、分娩用《ぶんべんよう》に作ってあった部屋もサーシャのために改装したので前より寝心地は悪くないといいのだが。

サーシャは痛みに耐えながらそれでも健気《けなげ》に笑みを浮かべて頷いた。

「大丈夫……です。旦那様が側にいてくださるので安心してます」

「サーシャ……大丈夫。私は側にいるからね」

「はい……」

前世の記憶でも、カリスさんの記憶でも出産の立ち会いの記憶はない。

だからこれが俺にとってはじめての出産立ち会いになるが、少しでもサーシャの助けになるなら俺は何でもするつもりだ。

前世の記憶では夫の出産立ち会いをマナー違反とする国もあったようだが、この国にはそういったものはない。

だから俺はサーシャの側に張り付いていられるのだ。

仕事は後でも片付けられる。

ローリエも先ほどまではここにいたが、授業の時間なのでそちらに向かわせた。

まあ、母上もこちらとローリエを交互に見ててくれるので俺は安心してサーシャに集中できる。

そうして何時間かサーシャが粘《ねば》っていると、こわばったサーシャの体から力が抜けてきた。

見ればそこには赤ん坊を抱えた専門医のおばあさんがいた。

「産まれましたよ。女の子です」

「よし――」

俺はその言葉にサーシャの手を握りつつ内心でガッツポーズをとりかけたが、その前にもう一人の専門医が言った。

「あ、まだもう一人いますね」

「は？　も、もう一人？」

「ええ、双子みたいですねー」

はっはっはーと、笑う専門医。

え？　双子？　マジで？

確かに双子ってこの世界の医学レベルじゃ生まれてこないとわからないけど……えっ？

マジで？　双子なの？

混乱する気持ちをなんとか整理して俺はサーシャの手を握ってから言った。

「サーシャ、もう少しだけ頑張ってくれ……！」

「はい……」

健気に笑うサーシャの手を優しく握りつつ俺はそれからも何度もサーシャを励《はげ》ます。

やがて二人目も無事に生まれてきてから専門医の先生は笑顔で言った。

「おめでとうございます！　双子の女の子と男の子ですね」

そこには専門医に抱っこされた生まれたての俺の子供が二人いた。

そう、俺の子供だ。

ローリエももちろん俺の子供だが、俺が俺の体験ではじめて自覚する俺の子供。

自分でも何を考えているのかわからなくなるが俺は思わず涙ぐみながらサーシャの手を握って言った。

「ありがとうサーシャ……私達に新しい家族をもたらしてくれて本当にありがとう……！」

「はい……」

そこでサーシャも涙ぐんでいることに気がつく。

思わず抱きしめたくなるが、まだサーシャはやることが残っているので俺は大人しくサーシャの手を握ってこの幸せを味わうのだった。

❄

「はいはーい、お祖母ちゃんですよー♪」

「あーうー」

双子のうちの男の子を抱きながら母上が聞いたことのないような声を出していた。

孫とは祖父母を狂わせる存在というのは本当らしい。

「ふふ……元気に飲んでます」

一方こちらは双子の女の子に母乳を与えているサーシャ。

赤ん坊に乳をあげるサーシャの母性的な姿は実に美しい。

我が子と我が妻の絵面《えづら》だけで感動してしまうくらいには最高の光景だった。

必死にサーシャから母乳を飲む赤ちゃんは非常にキュートで、元気に生まれてきてくれた事実をまた実感して思わず涙ぐみそうになる。

「おとうさま、だいじょうぶ？」

そんな風に眺《なが》めていたらローリエが心配そうに俺を見ていた。

いかんいかん。

ローリエに心配させるなんてダメだ。

俺は笑いながらローリエの頭を撫《な》でて言った。

「すまないね、大丈夫だよ。ありがとうローリエ」

「うん！」

「えへへ……」と笑うローリエにほのぼのする。

「旦那様、ローリエ。この子凄く元気ですよ」

ローリエで気持ちを落ち着けていると、サーシャがそんなことを言う。

確かに……凄くよく飲んでるな。

「かわいいー！」

「そうだね、皆可愛いね」

生まれたばかりの双子も、愛娘《まなむすめ》のローリエも、愛妻のサーシャも最高にキュートだ。

そんな俺の言葉の意味に気づいたのか、赤くなるサーシャ。

あまりにも可愛い反応に俺がついつい、サーシャを愛でそうになる前に母上が言った。

「そういえば、この子達の名前はどうするの？」

「一応考えてありますが……確か、父上と母上にも案があるとか。それをお聞きしてもいいですか？」

「ええ。旦那様は確か男の子なら『レジェンド』女の子なら『メリー』だそうよ。私は男の子は『ゴールド』女の子は『サマー』がいいと思うわ」

なんか男の子の名前の輝き具合が半端ないな。

これが俗《ぞく》に言うキラキラネームなのだろうか？

「サーシャは何か意見ある？」

「わ、私ですか？　えっと……旦那様にお任せいたします」

「ローリエは？」

「おとうさまにおまかせします！」

二人とも何故《なぜ》か俺に丸投げだった。

信頼の証《あかし》なら嬉しいが、少しだけプレッシャーを感じつつ俺も意見を言う。

「男の子は『バジル』、女の子は『ミント』でどうでしょう？」

「バジルとミント……綺麗《きれい》な響きですね」

「さすがおとうさまです！」

二人からは好評だった。

まあ、姉がローリエだからハーブ繋がりで可愛い響きのものを持ってきただけなのだが
……。

「男の子の名前に少し優雅さが足りない気がするけど……ミントって名前はいいわね」

母上は女の子の名前には賛成のようだ。

となるとあとは……。

「やっぱり『ゴールド』でどうかしら？」

「『バジル』でいかがでしょう？」

ここで母上とぶつかってしまう。

無論可愛い嫁と娘、孫の前で醜《みにく》い争いを見せるということは一切なく、二人とも静かに火花を散らす。

しばらくお互いに微笑みあってから、母上は諦めたのかため息をついて言った。

「『バジル』にしましょうか」

「ありがとうございます母上」

「いいわ。代わりにしばらくの間はこっちに滞在するわね。可愛い孫と嫁の様子を見たいし」

「ええ。もちろんです」

侍女がいるとはいえ、子供の面倒を見るのに人がいるのはありがたい。

それに俺はこれからしばらくは徹夜《てつや》で仕事を片付けることになりそうだから母上の存在はサーシャにとっても、ローリエにとっても、新しく生まれた家族の、ミントとバジルにとってもありがたいものだろう。

そんな風にして新しく生まれた俺達の家族……双子の姉の名前がミント、そして双子の弟の名前がバジルに決まったのだった。

❋

「ようやく終わったー！」

大きく伸びをする。

デスクワークを三日ほど徹夜でやっていたのでかなり眠くはある。

まあ、途中で何度かサーシャとローリエ、そしてミントとバジルの様子を見に行ったから時間が余計にかかったんだけど、それは不可抗力なので仕方ないだろう。

「お疲れ様です、カリス様」

「ああ、ジークか。私はこれから家族の様子を見に行くが今日は何か予定はあったかな？」

「本日は昼頃にオスカー様がこちらにいらっしゃるそうです」

「父上が？　孫の顔を見にきたか」

誕生の知らせをしてから数日で来るのは流石だけど、今頃母上が孫にべったりしてるだろうからそこまで構う余裕はないかもしれないな。

「それから、今晩はテッシード侯爵家《こうしやくけ》での夜会が入っておりますが……」

「今日だったか？　面倒だが出るしかないな」

あまり貴族のパーティーは出たくないがテッシード侯爵はわりと良識ある貴族だしなるべく仲良くしておきたい。

でも、今のサーシャ達から離れるのは若干、いやかなり辛い。精神的に。

「とりあえず今日はこれで書類の相手はしなくていいから私は家族の元へと行こう」

「かしこまりました。ですが、カリス様。奥様やお子様方との時間を大切にされるのも良いですが、たまにはご自身の時間も取ってください。ここしばらくまともに寝ていませんね？」

「ああ、まあな。でも大丈夫だ。サーシャ達を愛でてから時間を取って仮眠を取るからな」

「それならばよいのですが……」

訝《いぶか》しげな視線を寄越すジークに手をふりながら俺は部屋をあとにしたのだった。

❋

「サーシャ、起きてるかい？」

「あ、旦那様。おはようございます」

サーシャの部屋へと行くと、起きていたのかサーシャは隣のベッドのミントとバジルの様子を眺めていた。

本来なら部屋を別にするところだが、サーシャが一緒にいたいと言ったのだ。

多分ローリエの時はあまりお世話できなかったので、今度は自分でできる限り面倒を見たいのだろう。

なんとも健気すぎるが、そんなところも可愛いので俺はサーシャが無理をしない範囲で好きにさせている。

赤ん坊特有の夜泣きとかその手のことは流石に侍女とローリエの時の乳母に任せているが、起きている時間のミルクなどはサーシャが行っているようだ。

俺も時々手伝いに行っているが、ぐずるミントとバジルが可愛く見えてしまうあたりかなりの親バカなのだろうと自覚はある。

「体調はどうだい？」

「はい。少しずつ落ち着いてきました」

「そうか、それならよかったよ」

そう笑ってから俺はサーシャが心配そうにこちらを見ているのに気づいた。

「旦那様……ここ最近ちゃんとお休みになられてますか？」

「どうしたんだい突然？」

「すみません。ただ、旦那様がいつもよりお疲れに見えたので……」

なんとも鋭い最愛の嫁に俺は思わず微笑んでから頷いた。

「実は少しだけ寝不足でね。サーシャの添い寝が欲しいが贅沢は言えないからね」

「あ、あの……でしたら、その……旦那様。め、目を瞑《つぶ》ってもらっても……その……」

「よろこんで」

笑ってから俺は何の躊躇《ためら》いもなく目を瞑った。

何をしてくれるのか若干ワクワクしながらもサーシャの動きをじっと待つ。

少しだけ眠くなるがそれを抑え込んで待っていると、そっと俺の頭にサーシャの手が触れて俺はそのままサーシャの方にゆっくりと倒れこむように頭を預けることになる。

角度的にサーシャが怪我《けが》を負うことはないと判断して柔らかな布団にダイブ——と、思いきや、何やら柔らかな感触と温かな体温が伝わってきた。

この感触は……。

「膝枕かな？」

「旦那様、目を瞑ってるんじゃ……」

「サーシャの体の感触を私が忘れるわけないだろ？」

きっと赤くなっているのだろうが、サーシャから目を開けていいとは言われてないので俺はそのままその感触に身を委《ゆだ》ねる。

やがて、そっと俺の頭を撫でながらサーシャは言った。

「こんなことで旦那様が少しでもお疲れを癒《いや》していただけるとは思いませんが……私にはこれくらいしかできないので」

「そんなことないよ。最高だ。このまま寝てしまいそうになるよ」

「でしたらよかったです。旦那様。お時間大丈夫でしたら私の元で少しでも休んでくださ い」

「ああ……」

母性というものだろうか？

サーシャの体温で俺は次第に微睡《まどろ》みに入っていく。

この後孫目当てで部屋に入ってきた母上や誕生祝いで来た父上にこの光景を見られることになるとわかってはいたが、それでもこの幸せを手放さずに俺は大人しくサーシャの元で仮眠を取るのだった。

❄

「旦那様……」

すやすやと眠るカリスを見ながらサーシャはカリスの頭を撫でる。

少しだけ硬い髪は自分とは全く違っており、なんとも新鮮な気持ちになる。

いつもはサーシャが撫でられるのでカリスのことをこんな風にして甘やかすのは初めてかもしれない。

（よ、よく考えたら、この部屋にはミントとバジルもいるし、お義母《かあ》様とローリエが来るかもしれない……）

その可能性を完全に失念していたことに今さらながら少しだけ後悔《こうかい》しそうになるが、カリスの寝顔を見ればその気持ちも薄くなった。

(旦那様、すごくお疲れだったのかな)

隠してはいるが目の下にはうっすらと隈《くま》ができていた。

よく考えたらカリスはここ最近ずっと自分に付き合ってくれていたことに今さらながら気がつく。

真面目なカリスのことだ。

仕事をしながらこちらにも顔を出していたのだろう。

「私の……私達のために頑張ってくださっているのですよね……」

いつもカリスは自分やローリエのために色々と頑張ってくれている。

それはお菓子を作ったりといったところからはじまり、普段の何気ないことから気を使ってくれていることはわかる。

(ミントとバジルの出産の時もずっと側にいてくれた)

ローリエの時にはなかった安心感。

妊娠してからもずっとサーシャのことを気にかけてくれていて、そしてミントとバジルの出産時には涙を流して感謝の言葉をくれたカリス。

(旦那様……ありがとうは私の台詞なんです)

カリスは自分に新しい家族を与えてくれてありがとうと言ったが、それはサーシャの台詞だった。

カリスがいたから生まれた娘と息子。

望まれて生まれてきた子供達。

それが何よりもサーシャには嬉しかった。

カリスと自分の愛の結晶。

言葉にすると恥ずかしいけど同時に嬉しかった。

ちらりと視線を二人の子供に向ける。

ローリエの時は母親としてろくに何もできなかったからこそ、この子達には同じ思いはさせたくない。

そんな我《わ》が儘《まま》を受け入れてくれたカリスと使用人に感謝している。

「旦那様……お慕《した》い申し上げております」

頭を撫でながらカリスにそう言うサーシャ。

寝ている時だからこそ出る言葉に自分でも少しだけ恥ずかしくなるが、それでもこんな時じゃないと自分から言えないので仕方ない。

普段はカリスから言われる言葉。

本当はもっと愛してるとか大好きとか言いたいが、普段だと恥ずかしくて言えない言葉だ。

(落ち着いたら、もっと旦那様にこの気持ちを伝えたい)

そんなことを思いながらサーシャはカリスの寝顔を眺めつつ頭を撫で続けるのだった。

❄

「サーシャ、入りますよ」

そんな声が聞こえてきて俺の意識は浮上する。

まだ体はダルいがサーシャのぬくもりを意識すると自然と状況を把握できた。

そうだ、俺はサーシャの膝枕で仮眠を取ってたんだ。

時間は何時だ？

「あらあら？　お邪魔だったかしら？」

「お、お義母様……あのこれは……」

「いいのよ、わかってるわ。それにしても……夫婦仲が円満で嬉しいわ」

「は、はい……」

恥ずかしそうな様子のサーシャに微笑ましそうな母上の姿が見なくてもわかった。

すぐに起きるべきか悩んだがこの幸せを手放すのはもったいない気がして聞き耳を立てつつこのぬくもりをもうしばらく味わうことにした。

「それにしても、カリスったらこんなところで寝るなんて」

「ち、違うんです、お義母様！　これは私が……」

「あら？　サーシャから誘ったの？　大胆ね」

「あ……」

しまったという顔をしているのがよくわかる。

その顔を愛でたい気持ちになるがその前に母上は笑いながら言った。

「いいのよ、私もあの人によくするもの。もっとも、サーシャから誘うとは思わなかったけどね。カリスのことだからここ最近我慢してた分そろそろ限界がきて襲うかも、とか思ったけどね」

「我慢ですか？」

「夜の営み、だいぶしてないんじゃない？」

「ふぇ……!?」

母上……俺の思考を読むのは構わないけど、サーシャに伝えるのはやめて！

確かにそっちの限界も近いけど俺はまだ耐えられるから！

「今のカリスのことだからサーシャの体が治るまでは軽いスキンシップ程度でしょうけど……きっと回復したら凄いことになるわね」

「す、凄いこと……」

「ふふ、次の孫の顔が見られる日も近そうでお祖母ちゃん嬉しいわ♪」

「はぅ……」

うん、母上一旦黙ろうか。

人を野獣みたいな扱いして……いや、まあ、確かにここ一年分くらいをまとめて出しそうで怖いけど、ちゃんと手加減するから。

それにサーシャが望まないならその手の行為を我慢することだってできるから。

俺が一番大事にしたいのはサーシャの気持ちだから。

「さて……孫を愛でる前に、そろそろ起きたらどう？　カリス」

そんな俺の気持ちを読んだように母上がそう俺に声をかけてくる。

俺はそれに仕方なくむくりと起きるとまず目の前のサーシャに笑顔で言った。

「おはよう、サーシャ。気持ちよかったよ」

「だ、旦那様!?　いつから起きて……」

「多分、私が部屋に来た時には起きてたんじゃないかしら？」

「母上、よくわかりましたね」

俺の寝たふりは完璧だったはずだが。

「そんなの分かるわよ。あなた騎士団にいた影響で人の気配には敏感でしょ？　ましてやサーシャの前で他の人間の気配に気付かないわけがないじゃない」

「流石、母上。よくご存じで」

「当たり前でしょ。何十年あなたの母親をやってると思うの？　もっとも私が一番知るのはあの人だけだけどね」

「はは、奇遇ですな。私も一番よく知ってるのは妻と娘ですよ。それと……」

俺は隣のベッドの、ミントとバジルをそっと撫でてからなるべく優しいトーンで言った。

「これからはこの子達の一番の理解者であり、先導者であるつもりです」

「あら、わかってるじゃない」

「旦那様……」

そんな会話を聞いていたわけではないだろうが、ミントとバジルはすやすやと安らかに眠っていた。

願わくはこの子達が健やかに育って幸せになるように俺が頑張ろうと思う。

❄

「あーうー」

「よーしよし、お祖母ちゃんですよー♪」

母上が双子の弟のバジルを抱っこしながら優しくあやす。

母上はどうにもバジルがお気に入りのようで抱っこする頻度もバジルが多いようだ。

バジルも不思議と母上になついているので母上に抱っこされていると上機嫌だ。

「あーあ、うーあー、きゃ♪」

「うん、ご機嫌だなミント」

そして俺は現在双子の姉のミントを抱っこしている。

ミントはどちらかと言えば俺やサーシャに抱っこされるのが好きらしく、バジルを母上が独占してるときは決まってミントの相手をする。

まあ、もちろんバジルも俺の可愛い息子だからちゃんと抱っこして話しかけて、慈《いつく》しむけど、母上よりいい反応は貰えたことがない。

バジルのお祖母ちゃん大好き！　みたいな様子は微笑ましくあるけど、やはりお父さんとしては少しだけ寂しくもあります。

「それにしても……バジルは本当にお義母様になついていますね」

「そういう、サーシャはミントになつかれているじゃない。まあ、カリスもだけど」

「まあ、私の自慢の子供達ですから」

と、そんな話をしていると控えめなノックと共にローリエが入室してきた。

ローリエはまず俺に視線を向けてから心なしか表情を輝かせて、サーシャと母上にも視線を向けて笑顔で言った。

「おとうさま、おかあさま、おばあさま、こんにちは！」

「ローリエ、ミントとバジルに会いにきたのかい？」

「はい！　おとうさま、あたしもだっこしてみてもいい？」

その言葉にしばし考える。

この子の筋力で赤ん坊を抱えられるかどうか……まあ、ここ一年で背も伸びてだいぶ大きくなったローリエならギリギリ大丈夫かな？

最悪俺がうまくキャッチすればいいかと思い俺はローリエにゆっくりとミントを渡した。

ローリエは少しだけバランスを崩しそうになるが、なんとかミントを抱いてから笑顔で言った。

「みんと、ろーりえおねえちゃんですよー」

「うーあー」

「よしよし、いいこですねー」

……やべぇ、うちの娘達可愛すぎ！

ローリエに抱っこされるミントは凄く大人しいので、ローリエも嬉しいのかお姉さん風を吹かせていて可愛すぎる。

お姉さんローリエというのもなかなか新鮮でいいものだね。

そんなことを考えていると、サーシャがくすりと微笑んだ。

「サーシャ？」

「すみません。でも嬉しくて」

「嬉しい？」

「はい。こんな風に、旦那様と……子供達と過ごせるのが凄く嬉しいんです」

言いたいことは何となく分かる。

確かに……この雰囲気は悪くない。

子供達が笑い、幸せを感じる時間。

俺は、そっとサーシャの隣に座ると、その手を優しく握って、笑顔で言った。

「これからも、何度だって俺はこの時間を……サーシャとの時を、一瞬だって逃さずに、サーシャの隣で過ごすよ。だから……これからもずっと、俺の側にいて欲しい」

「……はい、いつまでもお側に」

触れ合う手から互いの熱が伝わる。

いつだって、好きな人と触れ合う時は常に初恋だ。

俺はサーシャが好きだ。

たとえ、何があっても必ず守ってみせる。

最愛の人には笑顔が似合うからね。

「おとうさま、おかあさま！　みんとがわらった！」

そして、そんな愛する人との最愛の子が俺達を呼ぶ。

そこにはもう、悲しみの色はない。

俺は、この子の悲しみを少しは和《やわ》らげられただろうか？

……いや、考えることでもないか。

だって、これから先、この子の未来はきっと明るいのだから。

俺はそれを手助けする、いや、してみせる。

「ああ、ローリエお姉ちゃんに抱っこされて嬉しいんだよ」

「ローリエもお姉様になったのね」

サーシャと二人、ローリエに微笑む。

さて、愛しい家族を愛でるとしようかな。

番外編

転生王女セレナ

『ふん、貴様の為ではない。俺が要《い》らないから渡しただけだ』

あー、マクベスくん可愛《かわい》いなぁ。

私がプレイしているのはとある乙女ゲーム。

タイトルは『純愛姫様～お前とイチャラブ～』。

ダサいタイトルだと馬鹿にしたけど、いざプレイしてみたらめちゃくちゃ面白い。

真っ先に攻略したのは、ツンデレ俺様キャラの宰相《さいしょう》の息子のマクベスくん。

俺様キャラは強引なところが売りだけど、私の場合はこのマクベスくんのツンデレと俺様を薄めて、けれど放っておけない子供のような危《あや》うさが物凄《ものすご》く好みだった。

『ちっ……うるさい奴だ。なら俺から離れるなよ』

如何《いか》にもな台詞《せりふ》なのに、これでさえ私には『離れないでね？』とどこか縋《すが》るようなイメージが浮かんでしまうのだから、我ながらキャラ愛が強いのかもしれない。

バッドエンドを含めて、マクベスくんのルートを二十回はクリアしてから、ようやく他のキャラを攻略するけど、やはりマクベスくんより好みのキャラはいなかった。

ただ、少し気になる娘はいたけど。

『邪魔よ、どきなさい』

銀髪の美少女で、このゲームの悪役令嬢のローリエ・フォール。

主に出てくるのは、メインの攻略対象の王子と悪役令嬢の義弟《おとうと》のルートなのだが、どちらも主人公がハッピーエンドになるとローリエはざまぁエンドになる。

まあ、確かに悪役令嬢らしく、主人公の恋路《こいじ》を邪魔するので、納得のエンドではあるが、無理をしているような感じが要所要所で感じられたのは気のせいかな?

例えば、ヒロインへの嫌がらせのシーン。

どこか、周りのモブ令嬢に担がれて、そのまま嫉妬《しっと》をぶつけたようにも思えた。

断罪されて、ヒステリックになるシーンでもそうだ。

『殿下! 何故《なぜ》そのような女を選ぶのですか! 私の方が殿下に相応《ふさわ》しいのに……私には殿下しかいないのに!』

攻略対象の王子である、セリューの婚約者で、そのセリューにベタ惚《ぼ》れしている設定だが、ベタ惚れというか、どこか依存をしてるようにも見えた。

『まあ、汚《けが》らわしいこと。そのような姿でパーティーに出るなんて……身の程を弁《わきま》えたらどうかしら?』

『私の言うことが聞けないの？　二度と殿下に近寄らないでくれるかしら、この愚民《ぐみん》』

『庶民《しょみん》の分際で、この私に逆らう気！』

……うーん、やっぱり悪役令嬢としてはピッタリなはずの台詞なのに、どこか違和感のあるそんな感じ。

声優さんの演技で深読みし過ぎたのかな？

ただ、後でマクベスくん目当てで設定資料集をそこそこいい値段で買った時に、乙女ゲームのはずなのに謎に背景がダークな登場人物達のことを知ったのだが、どうやら私の勘《かん》はとても冴《さ》えていたようだとしみじみ思ったのだった。

マクベスくんルートを百回程クリアした頃のこと。

その日、私は異様に眠かった。

最後にマクベスくんにお休みを告げてから、早めに布団に入ったけど、ぐわんぐわんと、頭が回るような気持ち悪さがあって、中々寝付けず、それでも何とか意識を沈みこませることに成功すると、変な夢を見た。

内容はあまり覚えていなかった。

でも、変な夢であったことは間違いない。

そして、気がつくと、私は赤ちゃんになっていた。

（あら……変な夢）

そう思えたのは最初だけだった。

音が聞こえず、何日も過ぎるとようやく聞こえたのは見知らぬ言葉。

予感はその頃からあった。

一年が過ぎ、二年が過ぎても夢から覚めない。

まあ、むしろその頃には既に現実は見えていたが。

どうやら、私は異世界に転生したらしい。

しかも王族……お姫様だ。

名前はセレナ。

この国の第二王女である。

母親に似て、なかなかに容姿が整っていた。父親の国王の顔にどこか見覚えがあったのだが、上手く思い出せなかった。

そして、三歳になった頃に私はようやくこの転生に関して重要な情報を得ることに成功した。

他でもない、三歳の頃に初めて会った年の近い弟が切っ掛けだ。

弟の第二王子のセリュー……それは、紛れもなく、前世でプレイしていた乙女ゲーム『純愛姫様～お前とイチャラブ～』のメインの攻略対象の王子その人であった。

「やはり、王太子は第一王子のゾリエン様だろうか？」

「しかし、ゾリエン様は側妃様のお子。やはり王妃様の子であられる、第二王子のセリユー様になるのではないか？」

「しかし、今の段階だと……ゾリエン様の方が素質があるように感じられるな」

馬鹿な文官達が王城でこんな話をしている。

本人に聞かれるとは考えないのだろうか？

「あら、楽しそうなお話ね。私も混ぜて貰《もら》えないかしら？」

「せ、セレナ様!?　いえ、なんでもありません！」

私が注意の意味を込めてそう声をかけると、慌《あわ》てたように逃げていく男達。

そんな彼らにため息をつきたくなりつつ、私は側《そば》にいる弟……セリユーに微笑《ほほえ》んだ。

「気にしなくていいわよ。見る目のない人達のただの妄想《もうそう》だから」

「……うん、ありがとう姉さん」

どこか不器用に微笑むセリユー。

本当にこの子が、乙女ゲームの攻略対象のメインの王子であるセリユーと同一人物なのかと疑うくらいに、セリユーは大人しい子だった。

ゲームのセリユーは、ドライな腹黒もどきの王子様という感じだったはずなのだが、今はその片鱗《へんりん》さえない。

「お兄様はお兄様。あなたはあなたよ」

「……でも、お兄様が優秀なのは確かだから」

確かに、第一王子のゾリエンは幼いながらも優秀だ。

セリューよりも少し年上なのだが、年齢的には近いので比べられてしまうのも仕方ない。

しかも、ゾリエンは側妃の子供、セリューは正妃であるお母様の子供なので、身勝手な野次馬は騒ぎ立てたいのだろう。

「それに、お兄様は僕のこと全く気にしてないし……」

「あれは少し変わってるから、気にする必要もないわよ」

王太子の座を巡って、幼い頃からバチバチなのかと思いきや、そういった争いがあまりないのは幸いかもしれない。

ゾリエン自身が、そもそもその座に興味のない変人なのも確かだし。

とはいえ、セリューとしては無視されてるようにも思えるのかもしれない。

事実、ゾリエンの方はセリューのことが眼中にないみたいだし。

ただ、それは、相手にならないから……ではなく、ゾリエンはそもそも王族という枠から外れる予定で動いているからだろう。

転生者かと思うくらいに行動力のあるゾリエンに、周りが勘違いしてしまうのは仕方ない。

「とにかく、あまり思いつめないようにね」

「……うん、いつもありがとう姉さん」

私の言葉に、笑みを浮かべつつも、やはりまだ心にあるモヤモヤは晴れないようだった。

まあ、私じゃ難しいかもしれないわね。

ちなみに、セリューは私のことを「姉さん」と呼んでいるが、それは私が「お姉様」と呼ばれてむず痒《がゆ》くなったのでそう呼ばせてる。

お姉様呼びは、前世のとある時期を思い出してしまうので、勘弁して欲しかったのだ。

前世は前世、今世は今世と分けたいしね。

❋

私の八歳の誕生日にパーティーをするらしい。

まあ、王族だしそれは仕方ない。

気になったのはそのパーティーの参加者の中に、乙女ゲームの悪役令嬢……ローリエ・フォールがいたことだ。

セリューの件で、予想はしていたが、やはりこの世界は乙女ゲームの世界と同じ……または似た世界なのだろうと確信する材料にもなった。

とはいえ、まさか幼い頃の悪役令嬢と会えるとは……考えてみれば、セリューとローリエは同い年だし、何《いず》れ婚約者になるのだからそれは会うよね。

セレナもゲームでは脇役だが、セリューとあまり変わらぬ年齢の時点でローリエとも年が近いことになるし、会う確率は益々《ますます》高くなる。

さて、悪役令嬢の幼少期はどうなっているのか。

そんなことを思っていたパーティー前日。

私は奇妙な噂《うわさ》を耳にした。

なんでも、崩壊レベルのフォール公爵家《こうしやくけ》の家族仲が物凄く良くなって、フォール公爵家の当主であるカリス・フォールが、妻と娘を溺愛《できあい》しているのだとか。

確かに、フォール公爵家といえば名門でありながらその家庭内はギスギスしていると聞いていたが……なるほど、それが原因でゲームのローリエはああなったのかと納得もする。

何だか会うのが楽しみになって、ワクワクしながら当日を迎える。

そして、会場に姿を見せるとすぐに本人達を発見できた。

渋いオジサマと呼べそうなフォール公爵と、その娘でゲームでは悪役令嬢の銀髪の美幼女のローリエ。

話してみて、フォール公爵がローリエを溺愛していることが分かる。

ローリエも父親であるフォール公爵を慕《した》っているようだし、仲良しな父娘《おやこ》だが……私は父親であるフォール公爵にどこか違和感というか、既視感を覚えた。

もしかして……くらいではあったが、この時に私はフォール公爵が、私と同じ転生者ではないかと考え始める。

聞けば、フォール公爵は少し前に倒れて頭を打ってしまったとか。

家庭環境の改善とお父様の話から、人格の変わったような様子さえ窺《うかが》えたしその可能性は高そうだ。

でも、悪役令嬢に転生した話とかは、前世ではよく聞いたけど……悪役令嬢の父親に転生はあまり聞き覚えがなくて少し驚く。

同時に面白くて、自然と笑みを浮かべてしまう。

楽しくなりそうだ。

ローリエをお茶会に誘って、話を聞いて、予想が確信へと変わる。

やはり、フォール公爵は私と同じ転生者だ。

「おとうさまのおかし、すごくおいしいんですよ！」

そして、ローリエが持ってきたフォール公爵作というお菓子は絶品だった。

これで更に揺るぎない証拠が増えた訳だが、無邪気な笑顔で父親のことを語るローリエの姿を見て、この短時間でどれだけ愛《め》でたのやらと少し呆《あき》れてもしまう。

とはいえ、悪役令嬢であったローリエよりも、私には今のローリエの表情の方が自然に思えた。

無理をして演じていた……というか、恐らく家庭環境が荒《すさ》んだ結果として悪役令嬢ローリエは生まれたのだろう。

そして、その支えと依存の対象が婚約者のゲームのセリューで、ああいう展開になるのだろうと分かった。

何とも乙女ゲームらしい設定と展開ではあるが、何にしても幸せそうなローリエは可愛《かわい》いものだ。

こんな妹が欲しいと思ったので、私は興味もあったことだし、ローリエと友達になることにした。

迎えに来たフォール公爵にかまをかけるのと、動揺する姿が見たくて、「来週は詳しくお話を聞きたいのでお時間を下さい。フォール公爵……いえ、その記憶を持つ異世界人さん」と小声で言ってみたが、予想以上に動揺が少なくて少し残念。

とはいえ、表情の変化は少しあったし収穫はありかな？

❄

「姉さん。僕ね、頑張ってみる！」

お茶会が終わって、セリューに会いに行くと、何故かセリューは吹っ切れたような表情を浮かべていた。

話を聞けば、前からの悩み……自分と兄との差で、我慢ができず、つい人目のない場所で一人で泣いていたら、見知らぬダンディーなオジサマに励《はげ》まされたという。

去り際に聞いた名前はカリスというらしい。

……あの公爵様は何をしてるのだろうか？

まさか、ローリエと私のお茶会の裏で攻略対象の王子を口説《くど》き落とすとは……乙女ゲームのことを知っててやったのかしら？

でも、セリューの話では、そういった印象は受けないし……本当に面白い存在のようだ。

でも、何にせよ……。

「良かったわね、セリュー」

セリューの悩みや苦悩は私には払ってあげられそうもなかったし、弟のこの前向きな様子は実に安心する。

優しく頭を撫《な》でると、セリューは少し照れつつもぽつりと言った。

「……うん、心配かけてごめんなさい姉さん」

「いいのよ、大切な弟のためだもの」

ゲームのセリューは正直好きではないが、それでも弟になったこのセリューは可愛いので幸せになって欲しいものだ。

フォール公爵はやはり私と同じく転生者だった。

そして、乙女ゲームのことも知っていたらしい。

とはいえ、その知識に関してはかなりふわふわしてる部分もあるようではあったが。

セリューのことを知っていて励ました訳ではなく、本人曰《いわ》く、『悩める若人《わこうど》を導くのが先人の役目』らしい。

本当に変わっているが、面白い。

フォール公爵はやはりというか、お菓子作りのスキルが高いようで、その腕前は確かなものだったので、私はフォール公爵が溺愛してる家族……妻のサーシャと娘のローリエの服を作る代わりにお菓子を貰う取り引きもしてみた。

そして、時々情報交換として、乙女ゲームの知識を共有したりもした。……その時に、うろ覚えだった設定資料集のとある部分……幼少期に、ローリエの母親であるサーシャが賊《ぞく》に襲《おそ》われて死ぬというのも伝えたら、大層燃えるような怒りを瞳《ひとみ》に浮かべていたが、割と冷静であった。

まあ、それは表面上だけだったようで、実際にその時になったら一人で盗賊団を壊滅《かいめつ》させて、それはもう鬼のような働きであったと伝え聞いた。

攻略対象も順調に口説いてるようで、この前は騎士団長の息子を口説いたらしい。

まあ、本人はまた気づかずにやったようだが……そういう生き物なのだろうと納得しておく。

❄

セリューが、フォール公爵のことを尊敬していた。

それはもう凄い憧《あこが》れで、日々精進しており、先日王太子に内定した時には是非ともフォール公爵に伝えたいと言っていた程だ。

……ウチの弟が、どんどん染まっていく。

まあ、楽しそうだし気にしなくてもいいかな。

フォール公爵はフォール公爵で、相変わらず家族を溺愛してるのだが、この前、新しい家族の足音が聞こえてきたらしい。

奥様とはラブラブなようで何よりですけど、これで娘とも親子としてイチャイチャしてるのだから、底が見えない男である。

先日は、お父様から勝手に頼りにされて迷惑したりしていたが、それは自業自得だろう。

内政チートを片手間でこなせるとか、本当に何者なのやら……まあ、そのお陰で私はとうとう悲願《ひがん》を果たせそうなので好都合ですけどね。

「攻略対象のマクベス？」

「ええ、グリーン公爵の息子で、素質は勿論《もちろん》、育てるにはうってつけの逸材ですよ」

次期、宰相《さいしょう》候補を何とか逃れたいフォール公爵に、自然な形でマクベスくんのことを切り出せた。

いつも以上に表情に出さないようにするが、愛《いと》しのマクベスくんをゲットするには今のこの状況は好都合だ。

だから、私は協力するふりをしながらも、仲介役になってもらう為にフォール公爵に情報提供をする。

フォール公爵としても、宰相なんか引き受けて家族との時間が無くなるのは嫌なのでこの提案に乗ってくれたが、これで後は時間の問題だろう。

そうして数日後……ついに、私は生マクベスくんと対面した。

幼少期のマクベスくんは、実に愛らしい。

綺麗《きれい》な青い髪と少し生意気そうな表情がとても可愛い。

私はすぐに婚約の話を切り出す。

フォール公爵との縁で、マクベスくんと出会って、仲良くなって婚約……これが世に流れる公式のシナリオだが、私は推しであるマクベスくんと結婚できる今世に実に感謝している。

私の発言に驚いていたマクベスくんと、前世の記憶から一方的に知っていたことに呆れているフォール公爵。

後者には軽く笑って誤魔化《ごまか》しておく。

そして、私の言葉にマクベスくんは、私との婚約のメリットと自分の母親への気持ちなどを色々考えたのだろう……ぽつりと尋ねてきた。

「セレナ様は……浮気はしないか？」

「もちろんです」

「俺を……愛してくれるのか？」

「はい。絶対に」

「俺の……側にずっといてくれるか？　母上みたいに死んだりしないか？」

「あなたが死ぬまでお側にいますよ。だから大丈夫です」

……もう、可愛すぎるなぁ。

こんなに縋るような顔をされたら、ますます好きになっちゃうのに。

そうして、私はマクベスくんを手に入れた。

この日から、私への依存心を存分に植え付けて、愛を囁《ささや》いて、虜《とりこ》にしていく。

あぁ……本当にマクベスくん可愛い。

そんな私をフォール公爵は実に呆れたように見ていたが……自分も似たようなことをし

てるのだから気にしたら負けよ？

番外編二　風邪をひいたローリエ

俺がカリスさんに転生してからしばらく。

その日は、ローリエを連れて王城を訪れていた。

「このパウンドケーキは悪くないわね」

「おとうさまのおかしですから」

ドヤ顔ですら可愛《かわい》いローリエと一緒に俺の焼いたパウンドケーキを食べているのはセレナ様だ。

転生者ということで、あまり会いたくはないのだが、ある程度は情報の共有も必要なので、向こうから屋敷に遊びに来る以外にもこうしてローリエを連れてたまに顔を見に来る。

個人的には、この王女様とはあまり関わりたくはないが、情報のために背に腹はかえられない。

乙女ゲームの知識をある程度知ってはいても、セレナ様程正確な情報は持ってないのが現状なので、こうして情報料代わりにお菓子を焼いてくる。

「次はどんなお菓子なのか楽しみになるわね。そういえば、ローリエさんが最近食べた中で一番美味《おい》しかったお菓子って何かしら？」

「おとうさまのおかしです」

抱きしめたくなるのを抑えるのに精一杯だった俺を責められる人はいないと思う。

無邪気な笑みでその返事はずるいよねぇ……可愛すぎ！

「ええ、それは知ってるわ。その中でよ」

「うーん……どーなつでしょうか？」

「あら、それは気になるわね」

何故《なぜ》今回持ってこなかったと言わんばかりの視線をセレナ様から感じる。

「まだ種類が少ないので、もう少し纏《まと》まってからご用意します」

本音？

いや、流石《さすが》にサーシャとローリエに出してない品は持ってこないよ。

ドーナツは確かに二人に出したけど、まだプレーンなやつしか作ってないしレパートリーを増やしてから持ってくるつもりだったのだ。

個人的にはチョコのドーナツが好きなので、そのうち二人に振る舞いたいものだ。

え？　王女様？

そのうち、献上《けんじょう》する時があればかかな？

「そう、なら楽しみにしておこうかしら。ところで、ローリエさんのお母様は元気かしら？」

「はい、きょうもおとうさまとでかけるまえにおかあさまが――」

「ローリエ、口についてるよ」

「むきゅ……ありがとう、おとうさま」

危ない危ない。

まさか、見られていたとは……出掛ける前に、ローリエが馬車に乗り込んだ一瞬を狙って、サーシャが勇気を振り絞って、俺の頬《ほお》に『行ってらっしゃいの口付け』をしたのだが、ローリエにはバレてたのか。

「相変わらず、夫婦円満なご様子ね」

「お陰様で」

察したように呆《あき》れるセレナ様ににこやかに答える。

「はいはい、でもそれで娘さん放置というのは……って、流石にそれはないわね」

俺とサーシャがイチャイチャしすぎて、ローリエを放置してるのでは？　と言いそうになって、それはないなと自己完結した様子のセレナ様。

「ローリエさんはお父様とラブラブですものね」

「らぶらぶ……おとうさま」

「そうだね、私はローリエのことを最愛の娘だと思っているよ」

「おとうさま……うれしい！」

抱きついてくるローリエ。

本来なら公衆の面前でこのような行為をしたら親として注意すべきだけど、ここにはセレナ様しかいないしこの程度で不敬と言う人でもないので有難《ありがた》くローリエを撫《な》でる。

「本当に幸せそうね」

「ええ、可愛い妻と娘がおりますから」

「相変わらずのようね……って、あら？」

不意に空が暗くなってくると、ポツリと頬に水滴が落ちてきた。

そして、それは本当にあっという間であった。

大量の雨が空から落ちてきて、所謂《いわゆる》ゲリラ豪雨《ごうう》というやつであった。

外でお茶をしていた俺達の被害は想定以上であった。

「急に降ってきたわね」

「すぐにやみそうですけどね」

タオルを借りて、濡れたローリエから水滴を取る。

幸い、大気汚染の進んでないこの世界の雨なのでちゃんと乾かせば髪にダメージはないだろうけど、母親譲りの綺麗《きれい》な銀髪を丁寧に拭《ふ》いていると、「くしゅん」と、可愛いくしやみが聞こえてきた。

「ローリエ、寒いか？」

「だいじょうぶです、おとうさま」

健気《けなげ》に微笑《ほほえ》むローリエ。

「困ったわね、今日はこの時間お風呂は使えなかったはずだし……とりあえず服を着替えましょうか」

とりあえずはセレナ様の使ってない服を貸してもらってその場をしのいで、急ぎ屋敷に戻ってフォローはしたのだが……残念なことに防ぎきれなかったらしい。

❄

「くしゅん」

「熱が高いですね」

「おかあさまのおてて、ひんやりしてる……」

翌日、ローリエは風邪《かぜ》をひいてしまった。

ベッドに寝ているローリエの頭に手を当てて、サーシャが冷静にそう言うと、ローリエはそのサーシャの手が気持ちいいのか少し落ち着く。

「失態だな……すまないローリエ」

「おとうさまのせいじゃないです」

シャワーだけでも借りとけば防げたかな？

しかし、点検していたらしいし……天候の変化を見落とした俺の責任だろう。

同じく雨に打たれたはずなのに、俺はカリスさんの強ボディにてピンピンしており、ローリエと交代してあげたい気分になる。

「旦那様、ローリエは私にお任せください」

「しかし……」

「大丈夫です。使用人にも手を借りますから。ローリエ、私が側《そば》にいても構いませんね？」

「おかあさまといっしょ、うれしいです」

「旦那様はお忙しいでしょうし、ここは私が」

「……分かった。後で様子を見に来よう」

正直、カリスさんの仕事が多いのは確かだし、それにサーシャの厚意には甘えないと。

家族なんだしね。

しかし、サーシャは俺よりも落ち着いてるなぁ……俺なんて、表面上は冷静ぶってるけど、内心は割とソワソワ気味だというのに、サーシャは逆にこういう時だからこその落ち着きがあった。

そんなサーシャも素敵だし、母娘《おやこ》の時間も必要なのは分かっているので俺は面倒な大人のお仕事に向かう。

ジークに変な目で見られつつも、スピーディーに仕事を終わらせると、俺は二人の元に戻る。

ノックをするが返事はなく、寝ているのだろうとドアを開けて部屋に入る。

すると、額《ひたい》に冷たいタオルを載せたローリエがスヤスヤと寝ており、かたわらで椅子《いす》に座り、ローリエの手を取って寝ているサーシャの姿がそこにはあった。

これはあれかな？

『寂《さび》しいから手を取って』的な流れから、二人とも寝てしまった感じかな？

軽くローリエに触れるけど、熱が下がってきたようで少しホッとする。

それにしても……。

「本当に、サーシャには助けられっぱなしだなぁ……」

部屋の近くで控えていた侍女曰《じじょいわ》く、ほとんどサーシャが面倒を見ていたらしい。

健気な献身《けんしん》に俺はまたしてもサーシャに惚《ほ》れ直《なお》すけど、きっとこれからも、死ぬまでに一万回以上は少なくとも惚れ直しそうだと思わず見積もりを立ててしまった。

「うぅん……あ、旦那様……」

二人の寝顔を見ていると、サーシャが薄《うっす》らと目を開けてから、可愛く手で隠して小さく欠伸《あくび》をする。

「すみません、少し寝ておりました……ローリエは？」

「ぐっすりだね」

「……熱も下がってきたみたいですね、良かったです」

優しく微笑むサーシャ。

しかし俺は少しだけ心配なことがあったので思わず尋《たず》ねていた。

「サーシャ、もしかしてお昼食べてないのかい？」

俺も急ぎの案件があって結局お昼も食べずに夕方近くのこの時間までかかってしまったのだが、侍女によると、サーシャはローリエにずっと付《つ》き添《そ》っておりお昼を食べてないようなのであった。

「そういえば、忘れていました。何度か侍女の方に呼ばれたのですが……」

少し照れ笑いをするサーシャ。

誤魔化《ごまか》し方も超絶可愛い。

「でも、旦那様もですよね？」

「よく分かったね」

「旦那様のことなら何でも分かります」

「なら、私と同じだ」

思わず笑いあってしまう。

「サーシャは本当に頼りになるよ」

「いえ、ただ私は昔の経験から一緒にいたかっただけですので」

「経験？」

首を傾《かし》げるとサーシャはローリエの手を握ったまま穏《おだ》やかに言った。

「私がローリエくらいの年の頃でしょうか？　昔風邪をひいた時に一人で寂しかったので、この子もそうなんじゃないかと……」

「そっか」

サーシャの家も貴族としてはありふれてそうでも、一般で見るとやはり寂しい家庭環境で育ったのでそういうこともあったのだろう。

だから、俺はサーシャの空いてる手を握ると優しく微笑んで言った。

「なら、サーシャが風邪をひいたら私が付き添うことにしよう。今後は絶対一人にしないと約束するよ」

「……ありがとうございます、旦那様」

「こちらこそ」

それほど大きな声ではないけど、二人でまた愛を確かめあっていると、ローリエが薄らと目を開ける。

「うみゅ……おとうさま？」

「おはよう、ローリエ。体調はどうだい？」

「だいじょうぶになってきました」

「そうか、何か食べられそうかな？」

流石に食欲は微妙なようで、首を横に振るローリエ。

「じゃあ、果物のゼリーでも持ってこよう。昨日作っておいたんだ」

「えへへ、うれしいです」

何となく作ったものがドンピシャなのは有難い。

「サーシャの分もあるけど、どう？」

「では、いただきます」

「なら、すぐに用意をしよう」

早速食べやすい器とスプーンを用意して、部屋に戻ると、三人でゼリーを食べる。

「つめたくて、ぷるぷるしてる……」

果物系のゼリーとかはやはり病人には鉄板な品なので、ローリエはつんつんと、つついてから美味しそうに食べていた。

「旦那様、凄く美味しいです」

「それなら良かったよ」

いつもみたいに食べさせ合いはしなかった。流石に病人のローリエがいる上にそうなったのは俺の責任でもあるので自重したのだが、こうして和《なご》やかに過ごすのも悪くない。三人で食べてから、ローリエが寝るまでずっと一緒にいた。翌日にはローリエも復活しており、サーシャに風邪がうつることもなかったのは良かった。

それにしても……ああいうお母さんモードのサーシャは本当に素晴らしい。甘えるローリエも可愛かったし、風邪をひかせたくはないけど、看病というのもたまには悪くなかった。

でも、やっぱり元気な二人が好きだから健康第一で今後も気をつけようと思うのであった。

あとがき

初めましての方が大半かもしれませんが、こんにちは。

yui／サウスのサウスと申します。

この度は、「悪役令嬢の父親に転生したので、妻と娘を溺愛します」をお手に取っていただきありがとうございます。

割と小説を書き始めた当初に作り始めた本作なんですが、カクヨムさんのコンテストで賞をいただき、書籍化させていただきました！

いやー、こういう溺愛ものが好きなので本当に書籍化できたのが嬉しいのですが……声をかけてくださったのがファミ通文庫様で非常に嬉しかったです。

比較的色々なジャンルを読みたい作者ですが、ファミ通文庫様の中には大好きな作品が沢山あるので、末席にでも加えて貰えたのなら最高です（語彙力無）。

さて、本作は妻と娘を溺愛するだけの話なのですが（割といつもそうなのはスルーで）、そんな本作のイラストレーター様は、花染なぎさ先生です！

もう、最高に可愛いサーシャとローリエを描いて頂けて感謝しかありません……本当にありがとうございます！

カリスもイケオジに描いていただけて、最初に見た時に変な声がでてました（笑）。

いつもイラストレーター様の絵には一目惚れしやすい作者ですが、今回のローリエやサーシャは本当に素敵すぎて思わず毎日眺めては拝んでおります。

さて、そろそろ謝辞をば。

イラストレーターの花染先生。素敵なキャラ達を本当にありがとうございます。

文字だけでは伝わらないその魅力を全て引き出していただけて嬉しかったです。

本当にありがとうございました。

そして、一番ご負担をかけたであろう、担当編集様。

未熟で面倒な作者に根気強く付き合っていただいて、凄くありがたかったです。

担当様のお陰で、Ｗｅｂ版よりもそれぞれの魅力を引き出せたので本当に感謝しかありません。本当にありがとうございました。

その他関係各所の皆様も、ありがとうございました。

続きが出せるかは不明ですが、少しでも本作をお手に取って頂いたことに満足のいくよう、これからも励ませていただきたく思います。

既存の溺愛ものも素敵ですが、それらとは少し違った少し歪にも見える溺愛もいいですよね（そっと空を見上げつつ頷く）。

ではでは、これにて。本作を読んでくださりありがとうございました。

最後まで読んでいただきありがとうございました。

渋オジ難しかった!!!けれど、なんとかローリエちゃんにとっての理想なカッコイイお父さんのイメージを形になって何よりです。

カッコよすぎかもしれませんが、皆さんにお気に入っていただければ幸いです。

悪役令嬢の父親に転生したので、妻と娘を溺愛します

akuyakureijo no chichioya ni tensei shitanode tsuma to musume wo dekiai shimasu

本書は、二〇二一年から二〇二二年にカクヨムで実施された「第7回カクヨムWeb小説コンテスト」で恋愛（ラブロマンス）部門〈特別賞〉を受賞した『悪役令嬢の父親に転生したので、妻と娘を溺愛します』を加筆修正したものです。

悪《あく》役《やく》令《れい》嬢《じょう》の父《ちち》親《おや》に転《てん》生《せい》したので、妻《つま》と娘《むすめ》を溺《でき》愛《あい》します

2023年1月30日　初版発行

著者　yui／サウスのサウス

イラスト　花染なぎさ

発行者　山下直久

発行　株式会社KADOKAWA
〒102-8177 東京都千代田区富士見2-13-3
0570-002-301（ナビダイヤル）

編集企画　ファミ通文庫編集部

デザイン　百足屋ユウコ+ほりこしあおい（ムシカゴグラフィクス）

写植・製版　株式会社スタジオ205プラス

印刷・製本　凸版印刷株式会社

●お問い合わせ
https://www.kadokawa.co.jp/（「お問い合わせ」へお進みください）
※内容によっては、お答えできない場合があります。
※サポートは日本国内のみとさせていただきます。
※Japanese text only

ISBN978-4-04-737345-7　C0093
定価はカバーに表示してあります。

針子の乙女
HARIKO NO OTOME
針と蜘蛛と精霊で織りなす
幻想的な異世界裁縫
ファンタジー。
[はりこのおとめ]
Zeroki Presents
Illustrated by Miho Takeoka
著＝ゼロキ
Illustration
竹岡美穂
コミカライズ
ヤングエースUPで
絶賛連載中
①～②巻
絶賛発売中！
B6判単行本
KADOKAWA／エンターブレイン刊
KADOKAWA
enterbrain

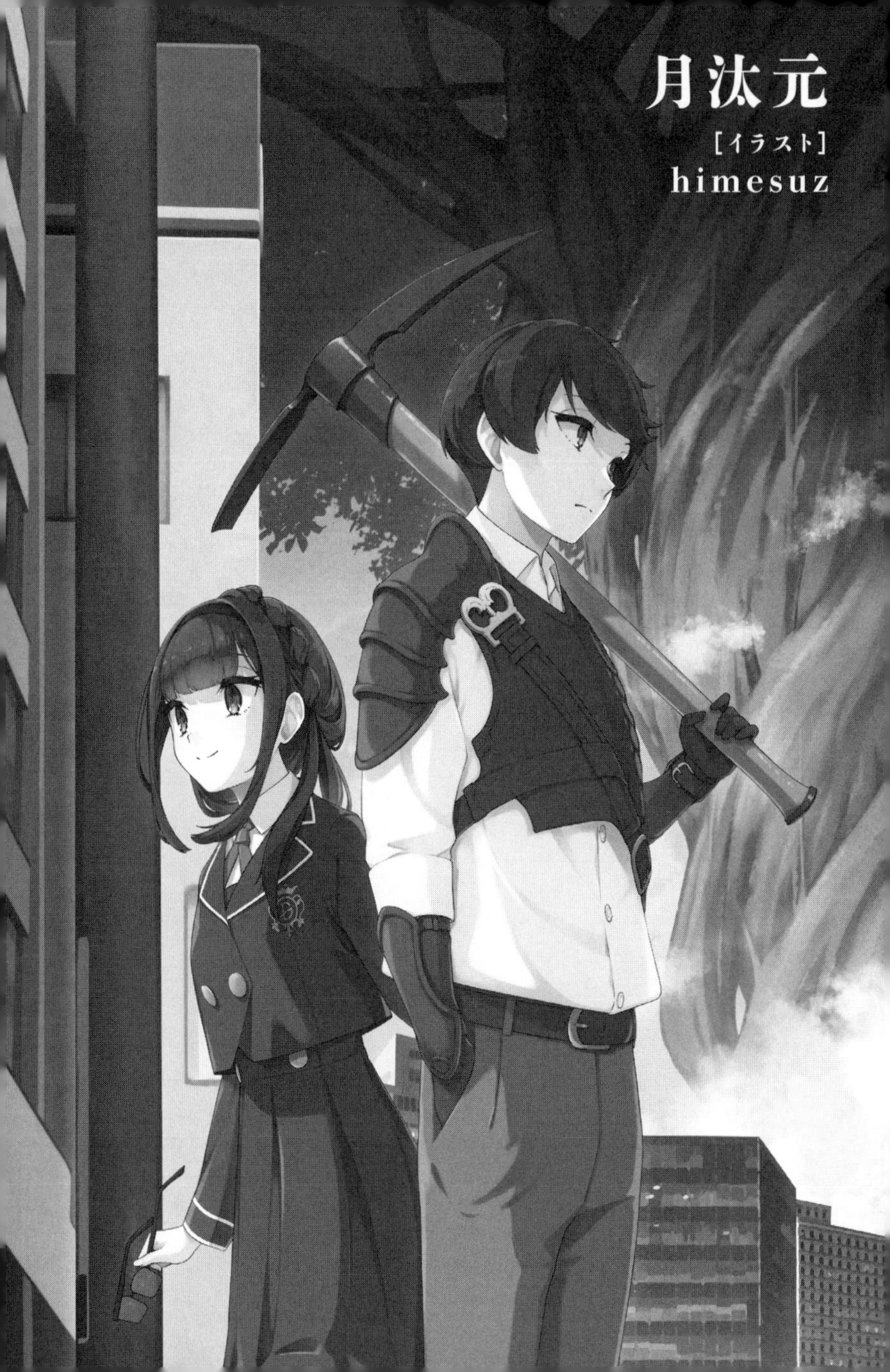
月汰元
［イラスト］
himesuz

魔法使いで引きこもり?
He is wizard, but social withdrawal?
Author 小鳥屋エム
Illust 戸部 淑
好評発売中!!!
重版、続々!!!
チート能力《スキル》を持て余した
少年とモフモフの
異世界のんびり
スローライフ!
女神により転生することになったお爺ちゃん。
望んだのは「健康な体」だけだったのに、
チート能力までも与えられてしまう!
転生後にその力を持て余していた少年は、
女神の「冒険者になって人生を楽しみなさい」
という助言により、冒険者として王都へ赴く。
様々な人々との出会いを通して、
彼の世界は広がっていく――。
コミカライズ
月刊コミックアライブ
Webにて
毎月27日連載中!
enterbrain